Alfred Komarek : Narrenwinter

Alfred Komarek

NARRENWINTER

Roman

Haymon

Der Roman spielt im steirischen und im oberösterreichischen Salzkammergut. Die örtlichen Gegebenheiten, der historische Hintergrund und die Faschingsbräuche entsprechen der Wirklichkeit.

Herzmanovsky-Orlando hat tatsächlich viele Jahre die Villa Almfried in Ebensee bewohnt. Die Handlung und die Menschen der Gegenwart sind frei erfunden. Die Grafik „Befruchtung durch das Ohr" befindet sich demnach nicht in Sepp Köberls Ausseer Haus, sondern in Privatbesitz in Innsbruck.

Bibliografische Information:
Die Deutsche Bibliothek verzeichnet diese Publikation in der Deutschen Nationalbibliografie; detaillierte bibliografische Daten sind im Internet über http://dnb.ddb.de abrufbar.

ISBN-10: 3-85218-510-6
ISBN-13: 978-3-85218-510-1

© Haymon Verlag, Innsbruck–Wien 2006
Alle Rechte vorbehalten
www.haymonverlag.at

Satz: Haymon Verlag/Karin Berner
Umschlag: Benno Peter unter Verwendung eines Fotos von Martin Komarek

1

Daniel Käfer löste zwei Schrauben und ließ dann ein Messingschild, auf dem Daniel Käfer zu lesen stand, in die Rocktasche gleiten. Er betrat die Wohnung, in der er nicht mehr wohnte. Sie war fast leer, mit kahlen Wänden, so wie vor knapp zwanzig Jahren. Damals hatte er diese Räume in Besitz genommen. Heute gab er sie auf.

Käfer trat an eines der Fenster und schaute auf die vom Regen nasse Luitpoldstraße hinunter: alles andere als eine noble Adresse, aber irgendwie gemütlich und sehr praktisch auf halbem Weg zwischen Bahnhof und Stachus. Er schloss die Augen, atmete tief ein und spürte jetzt ja doch ein wenig alte Vertrautheit, aber auch Unbehagen. Es hatte keinen Sinn mehr, sich hier geborgen zu fühlen.

Auch in München blieb nichts mehr zu tun, beruflich wenigstens.

Er drückte kurz seine Stirn an die kühle Glasscheibe, trat einen Schritt zurück und schüttelte unwillig den Kopf. Nein, er war nicht hier, um Abschied zu nehmen. Er wollte nur noch einmal überprüfen, ob er nicht etwas vergessen hatte in die Transportkisten zu packen. Also ging er suchend von Raum zu Raum. Aber da war nichts mehr, was er später hätte vermissen können. Also gut, alles erledigt demnach. Er nahm den Schlüssel aus der Hosentasche, näherte sich der Wohnungstür, machte zögernd kehrt und ging in die Küche. Hier war es noch am ehesten wohnlich, weil er darauf verzichtet hatte, die schäbig gewordenen Möbel mitzunehmen. Käfer setzte sich und holte, um irgendetwas zu tun, seinen Terminkalender hervor. Die vergangenen Tage waren voller Eintragungen, einige davon rot unterstrichen. Doch allen Gesprächen, die er geführt hatte, war gemeinsam, dass sie ohne greifbares Ergebnis geblieben waren. Dabei spielte es auch keine Rolle, ob ihm jemand höflich, zynisch oder gar herzlich bedauernd nichts zu sagen hatte. So ging es seit Wochen. Immer deutlicher wurde es Käfer bewusst, dass er schon in den letzten Jahren seiner viel gerühmten Tätigkeit als Publizist einen Bereich der Medienlandschaft kultiviert hatte, den es im Grunde genommen nicht mehr gab. Seine Zeitschrift, der *IQ*, war zuletzt offenbar so etwas wie eine geschützte Werkstätte für ihn und andere vorgestrige Schöngeister gewesen. Jetzt ging es darum, sich aus eigenen Kräften im freien Markt zu behaupten, und an dieser Herausforderung war Daniel Käfer unter dezentem Applaus seiner Neider gescheitert.

Dabei hatte er sich nichts geschenkt, war nicht nur einmal über seinen Schatten gesprungen, war bereit gewesen, einen hohen Preis dafür zu bezahlen, sich selbst so halbwegs treu bleiben zu dürfen. Er hatte hohle Schwätzer, machtgeile Manager und eitle Selbstdarsteller ertragen. Und dann war da gestern noch diese TV-Frau gewesen, öffentlichkeitsrechtlich, aber mit Paris-Hilton-Blick: „Ihren *IQ* in Ehren Herr … wie war doch gleich der Name? Diese Klugscheißereien gehn uns jedenfalls am Arsch vorbei. Kommen Sie mit geilen Formaten, wenn Sie landen wollen."

Schluss jetzt damit, verdammt noch einmal. Wütend, doch mit einiger Befriedigung zerriss Käfer den Terminkalender. Dann stand er auf, hob den Sessel über den Kopf und schmiss ihn gegen den Küchenboden. Ein Bein knickte ab. Mit Nachdruck, doch ohne Hast setzte er die Zerstörung des Möbelstückes fort und hielt erst inne, als er Sabines Stimme hörte.

„Störe ich, Daniel? Ich kann auch später kommen."
„Aber nein! Ich bin so gut wie fertig."
„Offensichtlich. Erleichtert dich das?"

„Ja. Und es kostet fast nichts. Alles, was irgendwie von Wert sein könnte, ist schon bei meinem Bruder in Graz angelangt. Ich komme morgen nach und werde die nächste Zeit bei ihm wohnen. Sein Haus ist ein ideales Zwischenlager für gescheiterte Existenzen nebst Zubehör. Oder sollte ich Endlager sagen? Woher wusstest du eigentlich, dass ich hier bin, Sabine?"

„Hellseherei, Sehnsucht, pure Unvernunft, romantische Aufwallungen. Außerdem musste ich dir ja den Wohnungsschlüssel zurückbringen. Möchtest du noch ein paar peinliche Ausreden und Geständnisse hören?"

„Nein, danke. Was lesen wir in der Trivialliteratur zu diesem Thema? *Er verschloss ihr den Mund mit einem Kuss.*"

Käfer ließ es nicht beim Zitat bewenden. Dann spürte er Widerstand. Sabine hielt ihn mit ausgestreckten Armen auf Distanz und schaute ihm ins Gesicht. „Mist, nicht wahr, Daniel?"

„Wird stimmen, wenn du es sagst."

„Ja und weiter? Aufgeben gilt nicht."

„So? Nicht?"

„Nein."

Käfer überlegte eine Weile, dann lächelte er böse. „Gut. Kann ich deinen Terminkalender haben?"

Sabine kramte in ihrer Handtasche. „Hier. Was willst du damit?"

„Ich zerreiße ihn. Hab ich mit meinem vorhin auch getan. Und du begleitest mich morgen nach Graz."

„Was soll das, spinnst du? Was tu ich dort?"

„Mit mir den bescheidenen Rest meines Berufslebens teilen. Und am Anfang steht eine romantische Winterreise in einem bezaubernden Auto. Ich liebe das Abenteuer, weißt du?"

„Wie? Ach so, deine Ente … und das Buchprojekt. Du willst zurück ins Salzkammergut?"

„Um zu arbeiten. Im Winter habe ich diese Landschaft noch nicht erlebt. Und die Faschingstage stehen vor der Tür."

„Karneval?"

„Etwas in dieser Art, aber sehr eigenständig – uraltes Brauchtum. Ein wichtiges Thema fürs Buch. Und du kannst gleich einmal fotografieren."

Sabine schaute auf die Reste ihres Terminkalenders herab, dann hob sie den Kopf. „Das kannst du mit mir nicht machen, Daniel. Was du willst, ist rücksichtslos und dumm. Ich werde meine Aufträge hier in Deutschland pünktlich erfüllen. Ich werde mich nicht mit dir auf ein kindisches Auto-Abenteuer einlassen. Ich weigere mich, Arbeit in ein Projekt zu investieren, das kaum angedacht ist. Ich halte dich natürlich nicht auf. Tu, was du willst. Aber du wirst es ohne mich tun. Sag einmal, hältst du mich für total verrückt?"

„Ja, Liebes."

„Sei vernünftig, Daniel, bitte!"

„Ich gebe mir alle Mühe. Du hast also morgen einen ganzen halben Tag Zeit, deine Geschäftspartner um Verständnis zu bitten. Ich hingegen werde mit Heinz Rösler reden. Er muss uns für diese Reise mit einem konkreten Auftrag und einem Budget ausstatten."

„Es schneit wie wild in Österreich. Es gibt Straßensperren. Und deine Ente …"

„… hat zwar keine nennenswerte Heizung, aber Winterreifen. Und jetzt noch etwas weniger Vernünftiges, Sabine: Es ist unser erstes gemeinsames Projekt und die erste gemeinsame Reise in eine Gegend, die längst meine zweite Heimat geworden ist."

„Daniel …, ich will das noch einmal überschlafen."
„Doch hoffentlich mit mir?"

Käfer reiste allein. Sabine hatte ihn zu einem Kompromiss überredet. Sie versprach nachzukommen, sobald die dringendsten Arbeiten erledigt wären. Die Rückfahrt fände aber zu zweit statt, garantiert, und so was von zu zweit …

Er war nur kurz in Graz geblieben, weil er ein längeres Gespräch mit seinem Bruder vermeiden wollte. Heinz bemühte sich zwar stets, ihn mit guten Ratschlägen oder mahnenden Worten zu verschonen. Doch seine berufsbedingte Art, Sachverhalte kühl zu analysieren und exakt zu benennen, konfrontierte Käfer mit einer Wirklichkeit, die er gar nicht so deutlich sehen wollte.

Außerdem war er ungeduldig. Endlich verfolgte er wieder ein konkretes Ziel statt gegen verbale Wände zu rennen. Natürlich wäre es klüger gewesen, die Eisenbahn zu nehmen. Aber er brauchte dieses, na ja, Sabine hatte Recht gehabt, dieses kindische Abenteuer. Immerhin nahm er vorerst die Autobahn, um Zeit zu sparen. Ein dicker Mantel schützte ihn vor der Kälte, und gerührt nahm Käfer die Andeutung eines nicht ganz so kalten Lufthauchs wahr, der von irgendwo her sein Gesicht streifte. Die Heizung, na bitte. Das Wetter in Graz war sonnig gewesen, ein klarer Wintertag, der die Schneereste auf den rotbraunen Dächern der Altstadt glitzern ließ. Jetzt, gegen Mittag, war der Himmel bedeckt. Erst fielen vereinzelte Flocken, dann schneite es dichter. Bald schabten mit Eis verkrustete Wischerblätter wirkungslos über vereistes Glas. Wo immer es möglich war, hielt Käfer an und sorgte mit kalten Fingern und heißem Bemühen für bessere Sicht. Dennoch fühlte er sich auf der Autobahn allmählich fehl am Platze und suchte fortan auf schmalen Straßen seinen Weg. So zwischendurch verzehrte er eine erschreckend fette Bratwurst, trank Tee und fühlte sich für die nächsten Wochen gesättigt. Vorsichtig rollte er auf Schneefahrbahnen durchs tief verschneite Ennstal und starrte angestrengt ins wirbelnde Weiß. Als er zur Passstraße abzweigte, die über die Klachau führt, sah er fast erschrocken den Grimming vor sich aufragen, eine wütende steinerne Drohgebärde. Daniel Käfer konnte sich nicht erinnern, je so einen unwirschen Berg gesehen zu haben. Er fröstelte und bewegte sich mit einigem Respekt an eisigen Flanken und Lawinenhängen vorbei auf die Passhöhe zu.

Dann aber war er fast schon am Ziel und freute sich auf den Stoffen in Sarstein, das kleine Bauernhaus, wo er im vergangenen Jahr gewohnt hatte. Er seufzte. Wäre nur alles in der Welt so unverrückbar gewiss wie der Schnaps in Maria Schlömmers Küche, der Hut auf Hubert Schlömmers Kopf und der Dachstein vor dem Fenster.

Endlich angekommen, bremste Käfer sachte, stieg aus und schaute sich ratlos um. Über einen Meter hoch lag der Schnee. Ein schmaler Weg zur Haustür war freigeschaufelt, und ein Parkplatz, auf dem ein tiefschwarzer Geländewagen stand, gewaltig groß, unverhüllt aggressiv und überzeugend hässlich.

„Bist auch wieder da?"

Käfer wandte den Kopf und sah Hubert Schlömmer vor das Haus treten.

„Hubert! Das freut mich aber!"

Wortlos ging Schlömmer auf Käfers Fahrzeug zu und bog das dünne Blech eines Kotflügels nach oben. Dann schaute er zum Geländewagen hin. „Zu dem kannst Auto sagen."

„Kommt auf den Brutalisierungsgrad des Stilempfindens an. Wohin jetzt mit meiner Ente?"

Schlömmer deutete mit dem Kinn auf den Wegrand, ging zum Haus und kam mit einer Schaufel zurück, die er Käfer überreichte. „Wird dir wenigstens warm!"

Daniel Käfer war sprachlos, und sein Gegenüber schien alles gesagt zu haben. Da standen sie also, und das Schweigen zwischen den beiden war irgendwie ohrenbetäubend.

Nach einer kleinen Ewigkeit grinste Hubert Schlömmer, griff zur Schaufel und warf sie in den Schnee. „Zehn Meter weiter beim Nachbarn ist Platz."

Daniel Käfer roch am leer getrunkenen Schnapsglas und betrachtete zufrieden die ihm wohlvertraute Küche. „Die Wohnung in München ist geräumt, in Graz gibt mir mein Bruder ein Notquartier. Aber hier bin ich zuhause."

„Meinst halt." Hubert Schlömmer stand auf und wandte sich zum Gehen. Seine Frau setzte sich an den Küchentisch. „Wo ist die Sabine?"

„Kommt nach."

Sie füllte die Gläser ein zweites Mal. „Hätt ich dir gar nicht zugetraut, Daniel."

„Was?"

„So einen Freund."

„Freund? Welchen?"

„Den mit dem Auto da draußen."

„Dieses martialische Ungetüm meinst du?"

„Hundertzwölftausend Euro."

„Da hat einer zu viel Geld oder zu wenig Verstand."

„Du bist neidig. Außerdem zahlt's die Firma. Der Herr Puntigam ist so was wie ein Direktor."

„Puntigam? Lass mich nachdenken … Bruno Puntigam vielleicht?"

„Das ist er. Du hast mit ihm in Graz studiert, sagt er."

„Ja, hab ich. Das war vielleicht einer. Gelernt hat er nie,

aber durchgekommen ist er immer. Frauen waren Spielzeug für ihn, aber er war ihr strahlender Held."

„Und du warst eifersüchtig."

„Klar. Und nie sein Freund. Wundert mich eigentlich, dass es den noch gibt."

„Warum?"

„So einer hat viele Feinde. Betrogene Ehemänner, rachsüchtige Weiber, das Finanzamt ..."

„Jetzt hörst einmal auf. Nur weil einer ein gestandenes Mannsbild ist."

„Bist du also auch schon so weit?"

Frau Schlömmer stand auf, trat hinter Daniel Käfer und massierte sanft seine Schultermuskeln. „Ich mit dem? Als ob der Hubert nicht einer zu viel wär. Und jetzt bist du ja auch wieder da. Aber noch was. Du schläfst im anderen Zimmer diesmal, mit dem Loser vor dem Fenster."

„Wie bitte?"

„Na ja, bei diesem Menschen kannst verflucht schwer nein sagen. Du wirst inzwischen wissen, wie der Dachstein ausschaut, hat er gemeint. Und für ihn ist er halt neu. Außerdem gäb's im größeren Zimmer zwei getrennte Betten, das wär doch viel vernünftiger für ein älteres Paar."

„Sehr witzig."

2

Daniel Käfer hatte seinen Studienkollegen als exzessiven Langschläfer in Erinnerung. Darum ging er am nächsten Tag frühmorgens nach unten, um beim Frühstück noch Ruhe zu haben. Doch zu seiner Überraschung sah er ihn am Küchenherd stehen und zwei Eier in eine Pfanne schlagen, in der Speckscheiben brutzelten. Puntigam hörte

Käfers Schritte, schob schnell die Pfanne vom Feuer und breitete die Arme aus: „Daniel, mein Guter! Du musst mir einfach glauben, dass ich mich ehrlich und innig freue, dich zu sehen!" Er ging auf Käfer zu und legte die Hände auf dessen Schultern. „Es ist doch nicht zu fassen: Noch immer dieser schüchterne Lausbub im Gesicht und noch immer dieses unkeusche Märchen in den Augen! Magst du Speck mit Ei haben? Ich teile gern mit dir. Die Frau Schlömmer hat noch im Stall zu tun."

Käfer lächelte unsicher. „Hallo Bruno. Lange her, wie?"

„Tausend Jahre und ein Tag – mindestens. Und dann komme ich, stelle das peinlichste aller Autos auf deinen Parkplatz und schwatze der Frau Schlömmer deinen Dachstein ab. So macht man sich beliebt. Aber immerhin bin ich dir zu Ehren noch vor der Morgenröte aufgestanden. Das ist mir zum letzten Mal passiert, als in Bilbao Fernando Martinez mit seiner Freundin Schluss machte."

„Was hat das eine mit dem anderen zu tun?"

„Ich lag mit seiner Frau zu Bette und er ist früher nachhause gekommen als gewöhnlich. Wir haben uns dann irgendwie geeinigt, überließen Donna Martinez ihrer Einsamkeit und sind auf einen frühen Drink gegangen. Entschuldige mich bitte!" Puntigam eilte zum Herd, briet die Eier fertig und servierte. „So! Lass es dir schmecken, Daniel. Hier ist frisches Brot."

„Danke!" Käfer betrachtete seinen alten Bekannten beiläufig. Jeans, Pullover – teure Markenware allerdings – und eine Art Thomas-Gottschalk-Frisur. Das Gesicht war älter geworden, ohne sich wirklich zu verändern. Puntigam bemerkte Käfers Blick. „Nicht viel Neues in dieser verlotterten Visage wie? Ich würde sagen: Der misslungene Versuch, einen Schilehrer mit einem Gebrauchtwagenhändler zu kreuzen."

Käfer sah sich ertappt und lachte. „Was führt dich hierher?"

„Der pure Eigennutz, mein Lieber. Aber davon später. Hast du Zeit für einen kleinen Winterspaziergang? Schau einmal durchs Fenster, Daniel! Ein Wetter zum Eier Legen oder zum Helden Zeugen, na, es wird uns bestimmt was Entsprechendes einfallen."

Tatsächlich zeigte sich der Winter an diesem Morgen von seiner bezauberndsten Seite. Die Talmulde von Sarstein lag noch im Schatten. Häuser, Bäume und Büsche waren wie Bleistiftskizzen ins bläuliche Weiß gezeichnet, das weiter oben an das Dunkel des Bergwaldes grenzte. Unter dem durchscheinend hellblauen Himmel leuchteten frisch beschneite Gipfel in der Morgensonne.

„Zu schön, um wahr zu sein, wie?" Bruno Puntigam warf sich der Länge nach in den Neuschnee, sprang auf und schüttelte sich. „Geil! Ich fühle mich wie ein junger Hund. Na gut, wie ein ziemlich junger Hund. Schau dir den Dachstein an, Daniel! Sieht aus, als hätte ihn ein begabter Kulissenmaler mit einem Hang zur hemmungslosen Übertreibung an den Horizont geknallt. Die Schöpfung hat sich schamlos ausgetobt hier. Und dieser Bilderbuch-Winter legt auch noch einen Weichzeichner über die ärgsten Bausünden. Wohin mit uns, Daniel?"

„Vielleicht hinauf zum Lenauhügel? Fernblick mit poetischem Hintergrund?"

„Genau das braucht die Welt. Und unterwegs werde ich ein wenig aus meinem weitgehend parasitären Berufsleben erzählen, damit du mich annähernd so kennen lernst, wie ich dich als publizistischen Würdenträger seit jeher gekannt habe."

„Ich bin arbeitslos, Bruno."

„Und dein Buchprojekt?"
„Na ja."
„Hab dich nicht so. Wen die Götter lieben, den verstoßen sie nicht. Aber lass mich jetzt erzählen. Gleich nach dem Studium bin ich nach New York gegangen. Liest sich dann später gut in der Biografie, weißt du? Das notwendige Geld hab ich meinem Vater durch vage Hinweise auf eine unmittelbar bevorstehende Blitzkarriere abgepresst und später mit der Drohung, demnächst in einem Sumpf aus Sex und Drogen zu versinken. Bald darauf hat er mich mit einigen schwer erträglichen Bemerkungen zurückgeholt und im eigenen Unternehmen untergebracht. Filter, Daniel, Industriefilter! Beutelfilter, Taschenfilter, Schlauchfilter, Mattenfilter, Erodierfilter, Luftfilter, Ölfilter, Kraftstofffilter, Prozessfilter, Schweißrauchfilter, Staubfilter, weiß der Teufel was noch. Ich war die PR-Abteilung." Puntigam bückte sich, formte einen lockeren Schneeball und warf ihn Käfer ins Gesicht. „Warum schießt du nicht zurück, Daniel? Hart auf hart, das macht Spaß! Damit habe ich übrigens Dagobert Duck zitiert. Ich mag den alten Herrn. Unheimlich kreativ, wenn es um sein Geld geht. Und erfrischend gewissenlos. Aber zurück zu den verdammten Filtern. Immerhin waren wir im Export stark. So bin ich in der Welt herumgekommen, hab mir da und dort was abgeschaut und vor allem Kontakte gesammelt. Na, und eines Tages ist mir die Tochter eines bolivianischen Großindustriellen ins Netz gegangen. Damit war mein Aufbruch in eine filterlose Zukunft gesichert. Leider war mein Mentor und künftiger Schwiegervater auch im Drogenkartell, was sein Leben wie auch meine Beziehung zu seiner Tochter drastisch verkürzte. Aber die Karriere war auf Schiene."
„In welcher Art, Bruno?"

„Wunderwuzzi, Querdenker, Hofnarr, nenn es, wie du willst. Wer nie etwas anderes gelernt hat, als nach den Methoden des Managements und der Geldvermehrung zu agieren, hat entscheidende Defizite. Die Fantasie kümmert vor sich hin, Träume sind weggesperrt, verrückte Ideen dürfen nicht sein. Und ich habe mich zunehmend virtuos als Mann präsentiert, der diese Lücke füllen kann. Letztlich ist es mir sogar gelungen, wieder in meinem und deinem angestammten Metier zu arbeiten. Neuerdings ist ein Medienkonzern mit mir glücklich. Kappus & Schaukal sagt dir vermutlich was."

Käfer war überrascht stehen geblieben. „Der gefährlichste Mitbewerber meines ehemaligen Arbeitgebers!"

„Und warum so gefährlich, Daniel? Weil wir neben gesundem Geschäftssinn auch ungehemmter Kreativität Raum geben. Und zwar nicht als Alibi. Ich throne zur Rechten der Geschäftsführung, aller lästigen Hierarchien entbunden, nur ihr verantwortlich."

„Wie schön für dich."

Bruno Puntigam stutzte, sein Gesicht wurde ernst, er ging auf Daniel Käfer zu und schaute ihm ruhig ins Gesicht. „Das hat jetzt aber bitter geklungen. Ist ja auch klar. Du hast mit dem *IQ* Maßstäbe in der Medienlandschaft gesetzt. Ich habe fröhlich vor mich hin gepokert, und mir geht's heute besser als dir. Aber wer von dieser Welt Gerechtigkeit erwartet, ist wohl ziemlich naiv. Wo ist jetzt dieser Lenauhügel? Mir geht schön langsam die Luft aus."

„So, Bruno. Der Gipfelsieg ist errungen. Wir sind da."

Puntigam blinzelte wohlgelaunt in die Sonne. „Bei Gelegenheit musst du mir einmal die Namen aller Berge ringsum sagen. Derzeit kenn ich nur meinen Dachstein und deinen Loser."

„Passiert dir das öfter?"

„Was?"

„Dass du mein und dein verwechselst."

„Nur, wenn es sich nicht vermeiden lässt, Daniel. Aber in diesem Fall ..., verzeih mir bitte. Das war wirklich eine gemeine Bemerkung. Soll so gut wie nicht mehr vorkommen. Weißt du übrigens, dass ich jahrelang peinlich schlechte Zeilen großer Dichter gesammelt habe? So kommt es, dass ich für diesen weihevollen Augenblick sogar ein Lenau-Zitat anbieten kann: *Des Grafen Witwe bin ich, eine Villa / bewohn ich eine Stunde vor Sevilla*. Aus *Don Juan*, wenn ich mich recht erinnere."

„Erschütternd. Aber wer von uns noch keinen krummen Satz geschrieben hat, werfe den ersten Stein. Und jetzt sag einmal, Bruno, wie kommst du auf dieses schwarze Brachialauto?"

„Ein Hummer, Daniel. Zu groß, zu klobig, zu stark, säuft wie ein Loch, die pure automobile Unvernunft. Mithin ein schönes Symbol für meine Funktion im Konzern."

„Das macht mir euren kreativen Ansatz eigentlich wieder verdächtig."

„Recht hast du. Natürlich ist Theaterdonner dabei, vor allem, wenn ich im Spiel bin. Und gerade darüber wollte ich mit dir reden, Daniel. Nur, weil es mir gerade einfällt: Bist du immer noch mit dieser Sabine Kremser zusammen?"

„Mehr oder weniger. Eher mehr."

„Ein Furcht erregendes Maß an emotionaler Beständigkeit, mein Lieber. Ich bring's nicht einmal fertig, mir selber treu zu bleiben. Übrigens sollte sich die gute Sabine allmählich etwas einfallen lassen, mit ihren Fotos."

„Wie versteh ich das?"

„Es gibt nichts Langweiligeres als eine klare Linie und verlässlich hohe Qualität."

„Und was findest du spannend?"

„Schau dich doch um in den Medien: atemberaubende Effekthascherei, als Kunst getarnter Kitsch, dick aufgetragene Symbolik, mega-originelle Inszenierungen, was weiß ich. Es ist wie bei Spitzenköchen: Qualität, na gut, aber wer eine neue Mode kreiert, hat die Nase vorn."

„Ja, ja. Und wenn das Feuerwerk abgebrannt ist, leuchtet der Mond noch immer. Irgendwann geht es nicht mehr greller und schriller. Was dann?"

„Mir egal, möcht ich meinen. Aber du hast schon auch Recht, du weiser, alter Uhu. Findest du nicht, dass zwei wie wir fantastisch zusammenpassen könnten, weil wir so ganz und gar nicht zusammenpassen? Aber in Beziehungsfragen lege ich mich wohl besser nicht fest. Ich werde dir lieber von einem ganz konkreten Projekt berichten, das mir im Kopf umgeht. Vielleicht interessiert dich das."

„Vielleicht."

„Du bebst ja förmlich vor Anteilnahme. Also höre: Wie gesagt, ist Kappus & Schaukal bewusst anders als die anderen – wenigstens was die gelebte Wirklichkeit im Konzern angeht. Doch bei der Lektüre unseres Unternehmensleitbildes könntest du uns aber für ein Handelskontor aus dem 18. Jahrhundert halten – von ein paar verschämten Modernismen abgesehen. Nach außen hin kommunizieren wir besser, aber lange nicht so gut, wie wir sollten und könnten. Darum möchte ich uns einen neuen Internet-Auftritt verpassen, ein umfassend durchdachtes elektronisches Erscheinungsbild, das einfach so gut ist, wie wir sind."

„Nette Aufgabe."

„Nett und beunruhigend komplex. Na klar, diese Homepage muss den Konzern kreativ und witzig präsentieren, informativ und funktionell sein. Aber es geht vor allem auch auch um eine Wirkung von außen nach innen, ich will Lust auf eine geistige Entrümpelungsaktion machen. Aber – und das bleibt jetzt unter uns – ich bin wieder einmal ein wenig überfordert." Bruno Puntigam hatte plötzlich ein scheues Lächeln im Gesicht. „Willst du mir helfen, Daniel?"

„Von Homepages versteh ich kaum was."

„Aber du bist ein Publizist von Rang."

„Weißt du Bruno, von irgendwelchen dubiosen Konsulentengeschichten hab ich eigentlich die Nase voll."

„Wer redet davon, Daniel? Ich muss dir noch etwas über unser Haus erzählen. Bei uns hat sich die Überzeugung durchgesetzt, dass es sich lohnt, mit Menschen aufrichtig und anständig umzugehen, ob Kunden, Partner oder Mitarbeiter."

„Mir kommen die Tränen."

„Ich werde sie trocknen. Unsere Menschenliebe ist natürlich auch Kalkül. In deinem Fall: Noch hat der Name Daniel Käfer Strahlkraft, und die sähen wir gerne in unserem Haus leuchten – mit wieder zunehmender Helligkeit. Du bist schlecht behandelt worden. Wir behandeln dich gut – das nützt so nebenbei auch unserem Image."

„Und mein Buchprojekt?"

„Werden wir sachte, aber rasch und bestimmt an uns ziehen. Ich nehme doch an, dass dein angeblicher Freund Heinz Rösler nicht scharf darauf ist, in unseren Tageszeitungen und Magazinen nachlesen zu müssen, wie er mit dir umgesprungen ist."

„Erpressung also."

„Welch garstig Wort, Daniel. Ich brauche dich als Alter Ego! Unkonventionell und kreativ sind wir beide. Aber ich kann die bessere Show liefern und du die bessere Substanz. Was meinst du? Führungsposition gleichrangig im Team mit mir, Spitzengehalt, jede Menge Freiheit. Natürlich kannst du dir Mitarbeiter suchen. Und wenn dein Dienstauto eine Dienstente sein soll – meinetwegen. Vielleicht künstlerisch gestylt? Jeff Koons oder so?"

„Baselitz."

„Auch gut."

3

Bruno Puntigam seufzte, als wäre er eine schwere Last los geworden. „So. Jetzt schließe ich die Augen, halte die Nase in den Wind, und was weht mir durchs Gemüt? Der Duft von Gewürznelken, Speck und Wurzelwerk, mit einem Hauch Rotwein und Zitrone. Frau Schlömmer hat für mich einen Hasen aus der Tiefkühltruhe geholt, will heißen, für uns."

„Die tut wohl alles für dich?"

„Ich arbeite daran, Daniel. Eifersüchtig? Ich sage dir: Ohne Neid reicht's für uns alle."

Daniel Käfer schwieg eine Weile. Dann schaute er auf seine Armbanduhr. „Gerade erst neun vorbei. Da bleibt noch viel Zeit bis Mittag. Ich muss mich doch nicht hier und jetzt entscheiden, Bruno?"

„Was soll ich dir noch anbieten?"

„Darum geht's nicht. Es ist ein bisschen viel auf einmal, das alles."

„Verstehe, ich verwirre dich, überwältigend, wie ich nun einmal bin. Geh in dich und tu dort, was du nicht lassen kannst. Wir sehn uns dann beim Hasen. Waidmannsheil!"

Käfer sah Puntigam leichten Schrittes Richtung Sarstein schlendern, und weil er nicht wusste, ob er einen Freudensprung tun sollte oder verwirrt in den Schnee sinken, stand er einfach da und schaute ins Nichts. Zu schön, um wahr zu sein, hatte Puntigam über diesen Wintertag gesagt, galt das auch für sein mehr als reizvolles Angebot? Käfer gab sich erst gar keine Mühe, Ordnung in seine Gedanken zu bringen. Er nahm auch kaum wahr, dass er eine ziellose Wanderung begonnen hatte, den Hang nach Aussee hinunter, den Gegenhang hinauf, dann wieder talwärts, rund um den Ort und kreuz und quer durch Straßen und Gassen. Endlich trank er Kaffee in der Konditorei Strenberger, trank Kaffee, trank Kaffee in der Kurhauskonditorei Lewandofsky und beruhigte anschließend seinen fliegenden Puls mit einem großen Bier in der Traube.

„Mit Verlaub, Daniel, du schaust irgendwie entrückt." Bruno Puntigam saß in Maria Schlömmers Küche, als hieße er Bruno Schlömmer.

„Ich bin ziemlich durcheinander, offen gesagt."

„Diesen Zustand solltest du kultivieren, du wirst ihn in Zukunft gut brauchen können. Aber lass mich ein wenig Gedanken lesen …, ich bin dir nicht ganz geheuer, ist es das? Das kann ich nachvollziehen. Ich werde dir einfach auf schnellstem Wege einen Vertragsentwurf zukommen lassen. Dann weißt du, wie ernst es die Geschäftsführung meint, und kannst auch noch deinen brüderlichen Rechtsgelehrten konsultieren, bevor du freudig zur Unterschrift schreitest. Du hast alle Zeit der Welt."

„Unterschreiben? Bei dem Falotten da?" Von beiden unbemerkt war Frau Schlömmer in die Küche gekommen, ging zum Herd und öffnete das Backrohr. „Essen ist fertig."

Käfer war froh, endlich wieder mit den Beinen alltäglichen Boden zu berühren. „Sollten wir nicht auf den Hubert warten, Maria?"

„Auf den? Wenn die Fasching-Tag kommen, ist er eigentlich nie da, und wenn sie da sind, ist er wirklich nie da."

21

Nach dem Essen lehnte sich Puntigam voll satten Behagens zurück und hob das Weinglas. „Was sagst du zu meiner Jagdbeute, Daniel?"

„Nichts. Ich war ganz woanders mit dem Kopf, vermutlich hätt ich auch Heu gegessen. Entschuldige, Maria. Was ich noch sagen wollte, Bruno: Gib mir bitte zwei Stunden Zeit. Dann habe ich gründlich überlegt und wir können ordentlich weiterreden."

„*Ordnung ist etwas Künstliches. Das Natürliche ist das Chaos.* Hat immerhin Schnitzler gesagt."

„Aber ein Medienkonzern ist etwas Künstliches. Dem wirst du mit Chaos nicht gerecht, oder nur in einigen Aspekten."

Puntigam grinste. „Ist er nicht gscheit, der Bub? Also gut, Daniel. Bis später."

Erst jetzt nahm sich Käfer Zeit, seine neue Unterkunft genauer zu betrachten. Im Gegensatz zum kleinen Zimmer mit dem Dachstein vor dem Fenster war dieses hier bewusst für Gäste eingerichtet worden. Auf dem mit Lack versiegelten Bretterboden standen rustikale Möbel aus hellem Holz, ein rot karierter Vorhang umrahmte das Fenster, und an den weiß gestrichenen Wänden hingen Kunstdrucke mit Blumenmotiven. Käfer warf einen missgünstigen Blick auf den Loser, dann setzte er sich auf eine Bettkante und klopfte mit der flachen Hand auf den Platz neben sich.

„Komm schon, Sabine", murmelte er, „wir müssen miteinander reden, auch wenn du nicht da bist. Kannst du dir denken, was mein Problem ist?"

„Klar, Daniel. Bruno Puntigam ist keiner, der freiwillig teilt. Wenn er dich ins Boot holt, dann nicht ohne Hintergedanken."

„Aber die Aufgabenteilung hat plausibel geklungen, Sabine. Er die Show, ich die Substanz".

„Das mag für die tägliche Arbeit gelten. Den Erfolg will er für sich allein. Und wenn du ihm über den Kopf wächst, wird er sehr rasch versuchen, dich los zu werden."

„Das fürchte ich auch. Ich soll also nein sagen?"

„Wie kommst du darauf, Daniel? Aber lass mich erst noch weiter schwarz sehen. Du fürchtest, durchaus nicht ohne Grund, überfordert zu sein. Du hast erfolgreich eine Zeitschrift entwickelt und geführt, eine Redaktion aufgebaut und mit ihr gearbeitet. In Zukunft hättest du aber mit vielen Medien und Redaktionen zu tun, mit Managern aller Art und jeglichen Niveaus, mit Tausenden von Menschen."

„Aber ich bin nicht deren Vorgesetzter …"

„Nein. Aber du zeichnest ihr virtuelles Erscheinungsbild – wenigstens was diese Internet-Geschichte angeht. Und wer weiß, welche Aufgaben noch auf dich zukommen."

„Ja, klar."

„Und du bist für die Wirkung dieses Erscheinungsbildes in der Öffentlichkeit verantwortlich. Wenn es Missverständnisse oder andere negative Folgen geben sollte, darfst du sicher sein, dass du die Ohrfeigen abbekommst, und nicht Bruno Puntigam."

„Ich hab's ja gewusst!"

„Was, Daniel?"

„Eine Nummer zu groß für mich."

„Selbst wenn das so wäre, ich kenne einige Leute in der Branche, die sich mit schöner Regelmäßigkeit übernehmen und dabei unverdrossen Karriere machen."

„Liegt mir aber so gar nicht …"

„Weiß ich. Aber ich weiß auch, dass du gewinnen kannst. Daniel, du musst es versuchen! Wirf alles in die

Waagschale, Energie, Erfahrung, Talent. Selbst wenn du scheiterst, hast du es dann eindrucksvoll getan, und du wirst es leichter haben, eine neue Aufgabe zu finden."

„Also keine geschützte Werkstätte, diesmal?"

„Das Gegenteil, mein Lieber."

Daniel Käfer stand auf, ging zum Fenster, öffnete es und spürte die frische Winterluft im Gesicht. Er war ziemlich sicher, dass ein echtes Gespräch mit Sabine kaum anders verlaufen wäre. Sie kannten einander sehr gut, eigentlich zu gut. Allzu viele Überraschungen waren da wohl nicht mehr zu erwarten. Aber das hatte ja auch etwas ungemein Beruhigendes, und er freute sich wirklich auf sie.

Käfer schloss das Fenster, holte ein Notizheft aus der Reisetasche, untersagte es sich zu träumen und begann konzentriert zu arbeiten.

„Ist das Aufräumen des Hirnkastens glücklich beendet?" Bruno Puntigam hob grüßend sein leeres Glas. „Stell dir das Pech vor, Daniel: Ich wollte mich gerade mit der zweifelhaften Qualität des Rotweins im Hause Schlömmer anfreunden, als die zweite und letzte Flasche leer war. Aber noch zuvor habe ich fast ohne verräterischen Zungenschlag mit Hamburg telefoniert. Dein Vertrag ist so gut wie unterwegs."

„Danke, Bruno, auch für den Vertrauensvorschuss. Sag einmal, kannst du mir mehr über Kappus & Schaukal erzählen, ich meine mehr als allgemein bekannt ist?"

„Kann ich, will ich aber nicht. Schau ins Internet, Daniel."

„Wie denn?" Käfer zeigte auf sein Notizheft. „Das ist mein Notebook."

Puntigam gähnte. „Du kannst meines haben, heute Abend. Bis dahin ist die Festplatte geputzt. Ich liege zwar gerne wie ein offenes Buch vor dir, aber in die Karten lass ich mir auch nicht schauen. Außerdem: Was geht dich meine Pornosammlung an? Was ist denn los mit dir? Direkt widerlich, dieser plötzliche Arbeitseifer!"

„Ich möchte sehr rasch wissen, ob ich mir die Aufgabe zutrauen kann, und gleich auch ein paar Denkansätze auf den Tisch des Hauses legen – als konkrete Entscheidungsgrundlagen."

„Du brauchst keine Aufnahmeprüfung abzulegen, Daniel. Wir wollen deinen Kopf und deinen Namen. Du bist ja nicht irgendwer."

„Trotzdem."

„Dickschädel."

Wieder im Zimmer, versuchte Daniel Käfer zu lesen, doch seine Gedanken schrieben verwirrende Zeilen zwischen die Zeilen im Buch. Also schlug er sein Notizheft auf, fand seine Notizen banal und strich sie durch. Dann fiel sein Blick auf die beiden Betten, die diesseits und jenseits der Sitzgarnitur dicht an der Wand standen. Käfer rückte den Tisch und die Sessel zum Fenster hin und schob dann energisch eines der Betten quer durch den Raum zum anderen Bett. Aufatmend legte er sich hin und schloss die Augen. Ein neuer Anfang in der Mitte seines Lebens, wenn es überhaupt die Mitte war …

Er dachte an seine Studentenzeit in Graz. Als er eines Nachts wieder einmal in seinen unveröffentlichten Manuskripten blätterte, war er zur Überzeugung gelangt, dass er sie der Welt nicht länger vorenthalten konnte. Natürlich durfte sein erster journalistischer, nein, literarischer Auftritt nicht irgendwo stattfinden. Damals galt die von Henning Mertens in Berlin herausgegebene *Pöbelpostille* als linksintellektuelles Lustobjekt ohnegleichen. Daniel

Käfer gab also am nächsten Morgen seine Texte, begleitet von einem selbstbewussten Brief, zur Post. Einige Tage später berichtete seine Zimmervermieterin, dass ein Herr Mertens angerufen hätte, ein merkwürdiger Mensch mit einer verbesserungswürdigen Ausdrucksweise. Käfer rief zurück. Nach einigen Versuchen erreichte er den damals bereits berühmten Publizisten, hörte dessen Stimme, die er von Radio-Interviews kannte. „Sie haben mir Texte geschickt. Was soll ich mit dem Zeug?"

„Ich dachte, na ja, ich ..."

„So, Sie dachten." Mertens schwieg unerträglich lange. Dann hörte Käfer ein Lachen. So hatten vermutlich römische Imperatoren gelacht, bevor sie den Daumen nach unten kippten. „Ich stelle Ihnen eine unlösbare Aufgabe, junger Freund. Wenn Sie so gut sind, wie Sie glauben, können Sie dennoch nicht dran scheitern. Der Muttertag kommt immer so plötzlich. Schreiben Sie doch ein hübsches, kleines Feuilleton zum Thema und geben Sie es morgen früh zur Post. Wer nicht auch unter Druck gut ist, ist nie gut."

Der junge Daniel Käfer erzählte seiner Zimmervermieterin, dass er den Durchbruch geschafft habe, dann erzählte er es halb Graz. Am späten Abend fand er sich euphorisch und nicht mehr ganz nüchtern in einem schäbigen Café am Griesplatz wieder und geriet an einen Zuhälter, der eigentlich gerne Lyriker geworden wäre. Gemeinsam zogen sie weiter, bis Käfer dann doch unsicheren Schrittes sein Zimmer erreichte. Er kochte Kaffee, setzte sich zur Schreibmaschine, warf den Kopf in den Nacken, schloss kurz die Augen und schrieb dann, von unirdischer Leichtigkeit umweht und von dunkler Klarheit durchdrungen. Am frühen Morgen wurde er von argen Kopfschmerzen aufgeweckt, spülte Aspirin mit Bier hinunter und griff zu seinem nächtlichen Manuskript: Grandios, in der Tat!

Von da an kaufte er die *Pöbelpostille* Woche um Woche am Tag des Erscheinens, blätterte leichthin, doch mit bebender Hand darin und hoffte auf die nächste Ausgabe – so lange bis der Muttertag vorüber war. Er rief Mertens an, immer wieder, erreichte ihn nicht, wurde vertröstet. Endlich war es so weit. Ob er denn das Manuskript nicht erhalten habe?

Wieder dieses Lachen. „Doch, junger Freund. Ich habe es gelesen. Atemberaubend."

„Wirklich?"

„Ich hätte nie im Leben geglaubt, dass man sich so unsäglich peinlich ransülzen kann. Wohl besoffen gewesen, Oberkante Unterkiefer?" Und wieder dieses bösartige Schweigen. Doch dann: „Unfähig sind Sie aber nicht. Bleiben Sie dran. Und tschüss."

Von einigen Telefongesprächen abgesehen hatte Käfer mit Mertens nie persönlich Kontakt gehabt, verfolgte aber mit Interesse dessen Schwindel erregende Karriere. Dann aber gab es dieses Verfahren wegen Kokainmissbrauchs. Mertens fiel später nur noch durch mehr oder weniger originelle Skandale auf. Einmal hatte er Käfer in der Redaktion der *IQ* angerufen. „Sie sind jetzt ganz oben, junger Freund. Ich warte auf Sie. Ganz unten."

4

Wieder einmal hatte Käfer bis spät in die Nacht hinein gearbeitet, doch diesmal nüchtern und diszipliniert. Es war ihm klar, dass er viel zu lernen hatte. Die eingeübte Gewohnheit trieb ihn dennoch gegen acht aus dem Bett. Bruno Puntigam hingegen schien sich darauf besonnen zu haben, dass er ja eigentlich ein Langschläfer war.

Maria Schlömmer servierte das Frühstück. „Du schaust aus wie's Hendl unterm Schwanz."

„Also wie genau?"

„Blass und znepft."

„Ich war fleißig."

„Wegen dem Herrn Puntigam?"

„Ja. Vielleicht wird ja doch noch was aus mir, Maria."

Sie schaute durchs Küchenfenster. „Und dann kriegst auch so ein schwarzes Auto?"

„Wenn ich wollte, wahrscheinlich ja. Aber ich werd nicht wollen."

„Was willst dann?"

„Zeigen, was in mir steckt."

„Hoffentlich interessiert das wen." Die Bäuerin stand auf. „Was ist mit der Sabine? Kommt sie bald nach?"

„Das wünsch ich mir sehr. Ich brauch jetzt frische Luft."

„Es schneit, Daniel. Hast was für den Kopf?"

„Nein."

„Dann nimm den alten Hut vom Hubert."

„Wenn mich nur keiner sieht ..."

Käfer trat in den dichten Flockenwirbel hinaus, ging ein paar Schritte, blieb stehen und schaute zurück. Schon jetzt verwischte der frisch gefallene Schnee die Spuren seiner Schuhe. Es war windstill, nicht sehr kalt. Käfer legte den Kopf in den Nacken und spürte die Flocken auf seinem Gesicht. Dann setzte er langsam den Weg fort. Die Berge rings um den Talkessel des Ausseerlandes waren nicht zu sehen, die Landschaft vor dem Sarstein war nur zu erahnen. Die wahrnehmbare Welt war kaum größer als eine Waldlichtung und verlor sich an den Rändern ins Weiße, ein paar konturlose Schatten darin.

Nach und nach fiel der Schnee auch auf Käfers Gedanken, nahm ihnen die Schärfe, hüllte sie ein und deckte sie zu. Er fühlte sich geborgen in dieser lautlosen, umfassenden Bewegung und Veränderung. Und dann war doch wieder Unruhe in ihm. Er ging den Weg zurück, klopfte vor der Haustür den Schnee von den Schuhen und trat ein.

In der Küche sah er Bruno Puntigam, vor sich das Notebook. „Hallo Daniel, du fulminanter Schneemann. Was hast du dir da für eine ungeheure Arbeit angetan! Oh weh, ich sehe eine vorwurfsvolle Miene … und natürlich hast du Recht. Das freche Eindringen in dein Zimmer war impertinent und der Griff nach deinem geistigen Eigentum unverzeihlich. Aber die Neugier ist ein Luder. Ich kann dich trotzdem beruhigen, mein Lieber: Ich bin gerade erst dazu gekommen, einen flüchtigen Blick zu tun. Und für viel mehr bleibt auch nicht die Zeit. Ich muss zurück nach Hamburg, dringlicher Anruf heute Morgen."

Käfer nahm das Notebook an sich und schaltete es aus. „Tu das bitte nicht noch einmal, Bruno. Wer wie ich mit einem älteren Bruder aufgewachsen ist, legt Wert auf Privatsphäre."

„Zerknirscht bereuend zur Kenntnis genommen."

„Gut. Und du wirst dir jetzt ausreichend Zeit für mich nehmen – ich meine, wenn du wirklich so viel Wert auf meine Mitarbeit legst."

„Alle Zeit der Welt, Daniel. Ich war unhöflich. Verzeih bitte."

„Es ist so …, geh doch einmal vorerst davon aus, dass ich unterschreiben werde."

Bruno Puntigam war aufgesprungen. „Was höre ich da? Man schaffe Posaunenengel herbei, Champagner, Zigarren und lose Weiber!"

„Übertreib's nicht. Es wird mühsam."

„Ja, so wie du es angehst."

„Ich kann nicht anders. Und ich habe auch gleich ein paar Bitten. Um gezielt weiter nachdenken zu können, sollte ich bald einige Gespräche in Hamburg führen."

„Mit wem?"

„Mit Leuten, die für Marktforschung und Zielgruppenbetreuung zuständig sind. Mit jenen, die das Corporate Design bestimmen. Und mit den Verantwortlichen für die derzeitige Homepage. Ein kompetenter Mensch aus der Pressestelle wäre natürlich auch ganz gut."

„Den Portier darf ich aussparen?"

„Ja. Und jetzt erzähle ich dir, zu welchen Ansätzen ich gekommen bin. Im Detail kannst du es dann nachlesen. Nach allen Informationen, die ich mir beschaffen konnte, ist Kappus & Schaukal für die meisten nicht die Gesamtheit der Redaktionen, Verlage, Agenturen und so weiter, sondern ein abstrakter Überbegriff, eine amorphe Geldvermehrungsmaschine. Liege ich sehr weit daneben?"

„Aber nein …"

„Wir brauchen demnach ein plausibles, für viele überzeugendes zentrales Prinzip, klar definiert und griffig formuliert. Ich unterstelle jetzt einfach einmal etwas, damit klar ist, was ich meine. *Wir verkaufen unsere Ideale. Wir kalkulieren unsere Visionen. Wir schreiben unsere Träume in Zahlen und Fakten fort.*"

„Wie bitte?"

„Ich spiele das gleich an konkreten Beispielen durch, Bruno. Nehmen wir an, eins der Ideale wäre Aufrichtigkeit. Für alle Medien im Haus müsste dann gelten: Keine Mogelpackungen, kein falsches Etikett, kein Opportunismus, keine publikumswirksam verbogene Wahrheit – und so weiter. Damit verdienen wir Geld, und zwar nachhaltiger als die zwielichtigen Taschenspieler. Schlecht? Kalkulierte Visionen ... ein verhungerter Visionär nützt keinem was. Aber Kaufleute, die Visionäre achten und Visionäre, die manchmal sogar Kaufleute verstehen – so kann was daraus werden. Und was die Träume angeht: wir lassen sie eben nicht im Morgengrauen verblassen. Wir machen sie alltagstauglich. Bleibt die Frage, wie das alles funktionieren kann in einem Konzern mit seinen notwendigerweise vorgegebenen Strukturen und normierten Abläufen. Ich hab's jetzt einmal so formuliert: *Unsere 1.897 Mitarbeiter tragen eine mentale und emotionale Uniform: Jeder von ihnen hat unverwechselbar individuell zu sein.* – Und so weiter eben, Bruno. Das Dokument hat etwa zwanzig Seiten, du bekommst es als E-Mail. Kann ich das Notebook noch behalten?"

„Nimm's als Morgengabe, Daniel. Ich besorge mir ein neues. Und noch eine Frage: Nachdem du jetzt für die nächsten ein, zwei Jahre vorgearbeitet hast – wie willst du dir die ganze freie Zeit vertreiben?"

„Du machst Scherze. Ich hab noch nicht einmal richtig angefangen."

„Beängstigend. Jetzt aber einmal im Ernst. Ich kenne meine Damen und Herren in der Geschäftsführung. Du solltest nicht den Eindruck erwecken, ungeprüfte Schnellschüsse abzugeben, auch wenn sie noch so profund sind. Ich werde ihnen deine Ideen in homöopathischen Dosen verabreichen, wenn du gestattest. Und du solltest nach diesem intellektuellen Bauchaufschwung erst einmal eine Lockerungsübung machen. Denk an dein Buch, Daniel! Wirf dich dem Fasching in die unkeuschen Arme. Ich werde dieweil in Hamburg deinen Claim abstecken und bis zur letzten Kugel verteidigen. Vielleicht komm ich dich besuchen, zwischendurch. Dann werde ich berichten, was sich so tut. Und unterschreibe den Vertrag nicht überstürzt. Dein Bruder soll ruhig prüfen, ob da und dort nicht doch was zu verbessern wäre. Wollen wir es so halten, Daniel?"

„Wie du meinst. Noch was. Du hast davon gesprochen, dass ich mir Mitarbeiter suchen könnte. Ich brauche nur einen: Henning Mertens."

„Genialer Schwachsinn, Daniel! Der Mann ist weg, kaputt, fertig, ausgebrannt und abgefuckt. Wenn er überhaupt noch lebt."

„Niemand kennt die Medienlandschaft besser. Keiner analysiert präziser. Und er ist der treffsicherste Kritiker, den es gibt."

„Gab."

„Versuchst du bitte herauszufinden, wie ich ihn erreichen kann?"

„Wenn du unbedingt einen Totengräber für deine junge Karriere brauchst: Bitte. Und darf ich jetzt abreisen?"

„Eingeschnappt, Bruno?"

Puntigam seufzte, warf Käfer einen schrägen Blick zu und verließ die Küche.

Käfer saß da, dachte nach und blickte auf, als Maria Schlömmer auf ihn zukam. „Ich hab mitgehört. Bist jetzt so gscheit, Daniel, oder tust nur so?"

„Frag mich was Leichteres. Kann ich einen Besen haben?"

„Meinetwegen. Aber was hast du vor damit?"

„Auto freilegen. Es ist höchste Zeit für eine Wiedersehensrunde."

„Bei dem Schnee? Na dann viel Vergnügen, der Herr!"

Es hatte aufgehört zu schneien. Käfer brauchte gut zwanzig Minuten, um die Ente fahrbereit zu machen. Mit dem

Feuerzeug taute er das vereiste Türschloss auf, stieg fröstelnd ein und war einigermaßen erstaunt, als der Motor sofort ansprang.

Er freute sich auf die Fahrt durchs winterliche Ausseerland. Gleichzeitig hatte ihn das Gespräch mit Bruno Puntigam in eine merkwürdig gereizte Stimmung versetzt, obwohl es doch im Grunde genommen positiv gelaufen war. Ja, natürlich war er überdreht, nach dieser arbeitsreichen Nacht. Und Puntigam mochte durchaus Recht haben, wenn er dazu riet, gelassen und abwartend zu taktieren. Aber genau das war Käfer eigentlich immer zu mühsam gewesen. Er mochte es, wenn Ideen frisch und ohne Vorbehalte auf den Tisch kamen, um dann gemeinsam bewertet und weiterentwickelt zu werden. Aber diese Zusammenarbeit hatte ihm Puntigam verweigert. Er war in Eile gewesen, stimmt schon, und er wollte sich nicht festlegen in dieser sensiblen Anfangsphase, auch gut. Aber, verdammt noch einmal, der Konzernsitz war in Hamburg und sie hatten in Maria Schlömmers Küche miteinander geredet. *Daniel, du bist in die eine oder andere Sackgasse gerannt. Wir werden noch heftig ins Streiten kommen. Aber im Großen und Ganzen hast du mich überzeugt.* Wäre es nicht möglich gewesen, das zu sagen, oder etwas in dieser Art?

Käfer überlegte und grübelte, nahm seine Umgebung erst wieder bewusst wahr, als die Straße in Altaussee endet. Er stellte das Auto ab, stapfte zum See hinunter und schaute über die von Schnee bedeckte Eisfläche. Dann schüttelte er unwillig den Kopf, ging zur Straße zurück und setzte seine Fahrt fort.

Käfer wurde den Verdacht nicht los, dass Puntigam gar keine selbständige Leistung von ihm erwartete, sondern eher einen Assistenten für seine zweifellos virtuose Spiegelfechterei brauchte, allenfalls einen Waffenlieferanten. Umso wichtiger würde es sein, die angekündigten Gespräche in Hamburg rasch zu führen, um Standpunkte und Positionen klarzustellen. Und dann Henning Mertens! Der Mann mochte beruflich und privat ein Wrack sein, er war noch immer allen über, da wagte Käfer jede Wette. Und die Art, in der ihn Puntigam zur lebenden Leiche erklärt hatte, war menschenverachtend, man konnte es nicht anders nennen.

Käfer hatte den Grundlsee erreicht. Hier gab das Eis kleine Wasserflächen frei, auf denen Enten schwammen. Die Wolkendecke hatte sich gelichtet, ein paar blasse Sonnenstrahlen drangen durch und ließen den Schnee leuchten. Schön war es hier. Sabine würde wohl bald eintreffen und sich sehr über die berufliche Zukunft ihres hartnäckig geliebten Partners freuen. Vielleicht war auch Puntigams Rat, erst einmal loszulassen und sich auf das Buchprojekt zu konzentrieren, goldrichtig, geradezu freundschaftlich gemeint. Käfer musste doch dankbar dafür sein, dass er nicht gleich unter Leistungsdruck gesetzt wurde. Er war aber nicht dankbar, er war hungrig, hatte sich in seine künftige Aufgabe verbissen und wollte nicht mehr loslassen. Immerhin war seine schlechte Laune von vorhin einer grimmigen Entschlossenheit gewichen. Eines sah er nun ganz deutlich: Für seine eigene Arbeit war es unumgänglich, den Takt selbst anzugeben und das Gesetz des Handelns selbst zu bestimmen.

Käfer war jetzt Richtung Bad Aussee unterwegs. Zugegeben, er ging lieber intuitiv seiner Wege, sogar träumerisch, wie eben jetzt bei dieser kleinen Winterreise, aber auch wenn es darum ging, Probleme zu lösen. Doch er würde es lernen, Ziele klar zu definieren und den Weg dorthin rasch und energisch zu bewältigen.

Käfer fuhr auf einem annähernd geraden Straßenstück unwillkürlich schneller, als es seine Art war. Es folgte eine leichte Rechtskurve, die er, ganz in Gedanken versunken, erst sehr spät bemerkte. Käfer bremste zu stark, rutschte in die Straßenmitte, nahm erschrocken den Fuß vom Pedal und sah jetzt eine enge Linkskurve auf sich zukommen. Bremsen, Lenken, Gegenlenken, nichts half. Sein Auto näherte sich unaufhaltsam und verdammt schnell dem Straßenrand. Ein harter Stoß, Krachen, Knirschen, Brechen, Abheben von der Straße, dann unten, wo eben noch oben gewesen war, ein neuer Aufprall, stechender Schmerz. Endlich, quälend langsam, das Kippen zur Traun hin, rasch fließendes Wasser zwischen Schnee und Eis. Das war's dann also, dachte Käfer, arme Sabine. Er hing im Gurt, hatte sich mit Armen und Beinen verspreizt und wartete in regungsloser Panik auf den finalen Sturz.

Aber irgendetwas hielt die Bewegung auf. Und zu diesem Etwas gehörte eine Stimme, ein sanft dröhnender Bass. „Öha!" Dann kam das Auto wieder auf den Rädern zu stehen. „Und jetzt steigst aus."

5

Mit zitternden Händen löste Käfer den Gurt und versuchte vergeblich, die Tür zu öffnen. Wenigstens gelang es ihm, das Seitenfenster hochzuklappen. Er sah eine mächtige Hand nach innen greifen. Ein Ruck, ein misstönendes Geräusch, und er war frei.

„Wie geht's Ihnen denn? Sie bluten am Kopf."

„Ja?" Käfer griff sich an die Schläfe. „Nichts Schlimmes, glaub ich, Glück gehabt, aber der Schreck sitzt mir ordentlich in den Knochen. Ja, und danke! Sie haben mir wohl das Leben gerettet."

„So? Hab ich? Dabei wollt ich nur Schnee in die Traun schaufeln. Ich schieb schnell diesen Blechhaufen hier von der Straße, und dann kommen Sie zu mir ins Haus, Herr Käfer, da ist es wärmer."

„Sie kennen mich?"

„Schaut so aus. Ich bin übrigens der Sepp Köberl."

Das Haus war nur ein paar Minuten Gehzeit von der Unfallstelle entfernt. Als die beiden eintraten, kam ihnen eine kleine, schmale Frau entgegen, das Haar weißblond und schulterlang. „Was ist passiert, Sepp?"

„Nicht viel, Christine." Er ließ eine Strähne ihres Haares zwischen Daumen und Mittelfinger hindurchgleiten. „Wundpflaster, Kopfwehpulver und Lupitscher bitte. In dieser Reihenfolge." Er wandte sich Käfer zu. „Lupitscher ist normalerweise Rum mit Tee, diesmal aber Tee mit Rum, damit Sie uns nicht auch noch rauschig werden. Da vorn ist das Wohnzimmer."

„Und? Noch immer alles in Ordnung mit Ihnen?" Köberl schnupperte prüfend an der Teetasse. „Soll ich nicht doch lieber einen Arzt anrufen?"

„Nein, nein, nicht nötig. Aber einen Mechaniker werd ich brauchen. Oder einen Schrotthändler."

„Da kann ich sicher was tun, aber erst nächste Woche, wenn die Faschingstage vorbei sind."

„Halb so eilig, Herr Köberl. Wann geht's denn so richtig los mit dem Narrentreiben?"

„So richtig erst am Sonntag. Aber schon Samstag, also übermorgen, gibt's die ersten Faschingsbriefe zu hören."

„Was ist denn das?"

„Gar nicht so einfach zu beantworten, diese Frage. Es geht um Spottlieder, oft nach Art der alten Bänkelsänger illustriert. Mit Bosheit und Schadenfreude werden alle Ausseer Peinlichkeiten besungen, alle Leichen aus dem Keller geholt, alle Gerüchte aufgewärmt. Nicht grad angenehm für die Betroffenen. Aber es ist ja Fasching. Und am Aschermittwoch ist alles vergessen. Fast alles."

Käfer hatte Tee getrunken, spürte Wärme in sich aufsteigen und fühlte sich wohl. „Und ich kann da auch zuhören?"

„Klar. Sie werden halt nicht alles verstehen, als Fremder. Aber diese Faschingsbriefe haben ja auch musikalisch ihren Reiz, oft genug in beachtlicher Qualität."

Käfer lehnte sich zurück. „Ich kann mich des Eindrucks nicht erwehren, dass ich an genau der richtigen Stelle versucht habe, in die Traun zu fallen. Sie kennen sich aus, mit Ausseer Bräuchen, wie?"

„Ja."

Neugierig geworden, schaute sich Käfer in Köberls Wohnzimmer um. Ein krummer Bretterboden, ein großer Fleckerlteppich, alte Bauernmöbel, viele, viele Bücher, Bilder …

„Herr Köberl!" Käfer schlug mit der flachen Hand gegen die Stirn. „Sepp Köberl, der Verfasser des viel gerühmten Standardwerks über das Ausseerland?"

„Gehen S' vorsichtiger mit Ihrem Kopf um, Herr Käfer. Ja, das Buch ist von mir. Freut mich, dass Sie es kennen. Eine schöne Sache, so ein Buch, und ein schwerer Brocken, zum Verzweifeln schwer manchmal."

„Viel Arbeit, wenig Geld, nicht wahr?"

„Ich wünsch Ihnen meine Sorgen nicht, Herr Käfer. Aber Ihnen hat man ja auch übel mitgespielt, soviel ich weiß. Freut mich jedenfalls, dass wir einander kennen gelernt haben, auch wenn's dabei einen ordentlichen Blechschaden gegeben hat."

„Und ich darf in den nächsten Tagen öfter auf Sie zukommen? Vielleicht wissen Sie ja, dass ich …"

„… Ihr Buchprojekt, ich bin im Bilde und ich helfe Ihnen gerne, wenn Zeit ist. Und die Christine weiß immer, wo ich ungefähr zu finden bin. Fast immer. Zwanzig Jahre sind wir jetzt verheiratet."

„Eine waschechte Ausseer Familie …"

„Aber gehen S', Herr Käfer. Meine Frau kommt aus Ebensee. Loidl hat sie geheißen. Und Loidln gibts so viele da drüben, dass sie in der Saline nummeriert werden. In der ersten Zeit war sie in Aussee so fremd wie ein Mondkalb. Entschuldige, Christine. Dafür warst du das schönste, liebste und gscheiteste Mondkalb weit und breit, und das leichteste. Ich glaub, ein Spatz war schwerer also du, damals."

Frau Köberl lachte. „So waren die Loidl-Dirndln schon immer. Kannst du dich erinnern, Sepp, dass ich mich anfangs nicht einmal zum Lewandofksy getraut hab, als Zugereiste?"

„Zuagroaste heißt das."

„Der arme Herr Käfer soll ja auch was verstehen. Soll Sie mein Mann mit dem Auto nach Sarstein bringen?"

„Nein, danke. Ich habe Zeit und bin gerne zu Fuß unterwegs."

„Dann bleiben Sie zum Mittagessen bei uns! Es gibt was Einfaches, Ausseerisches."

Sepp Köberl blickte grinsend auf. „Eschbonkoh."

„Wie bitte?"

„Eschbon sind Erdäpfel. Anscheinend eine Übersetzung von pommes de terre ins Ausseerische. Warum da allerdings Französisch ins Spiel gekommen ist, weiß der

Teufel. Und dann gibt es ja auch noch die alte Bezeichnung Grundbirne. Ein Eschbonkoh, Erdäpfelkoch, ist jedenfalls eine schlichte Variante der Schweizer Rösti. Und dazu gibt's eine Suppe aus altem Schwarzbrot und Sauerrahm. Na, Herr Käfer? Lust auf jede Menge Kalorien?"

„Jede Menge Lust."

„Gut so." Köberl schaute zur Tür. „Wo ist eigentlich die Sieglinde?"

Seine Frau senkte den Blick. Dann hob sie den Kopf. „Wo wird sie denn sein?"

Beide schwiegen und fingen an zu essen. Nach einer Weile legte Sepp Köberl das Besteck hin und wandte sich Käfer zu. „Die Sieglinde ist die Tochter von meiner Frau und mein Sargnagel."

Jetzt lächelte Frau Köberl, es war ein schmales, rasiermesserscharfes Lächeln. „Dafür magst sie aber ganz schön gern, Sepp."

Köberl stand auf, ohne seine Mahlzeit beendet zu haben. „Ich geh jetzt weiter Schnee schaufeln."

Seine Frau wartete, bis er nicht mehr zu sehen war. Dann legte sie ihre Hand auf Käfers Unterarm. „Vielleicht trifft es sich einmal und Sie kommen, wenn der Sepp grad nicht da ist."

„Und wie soll ich das verstehen?"

Wieder dieses Lächeln. „So nicht."

Zögernd ging Käfer zu seinem Auto, das Köberl in eine kleine Ausbuchtung neben der Straße gestellt hatte. Die Motorhaube und das Dach waren eingedrückt, bei einem Vorderrad war der Schwungarm stark verbogen, das ganze Fahrzeug offensichtlich aus der Form geraten. Außerdem fehlte ein Kotflügel. Käfer ging zur Unfallstelle, sah ihn dort liegen und trug ihn zum Auto.

Also doch ein Totalschaden? Andererseits: Die Ente hatte ja noch einen altmodischen Rahmen, der sich vielleicht reparieren ließ, und gebrauchte Karosserieteile waren sicher zu bekommen. Wie auch immer, die Sache hätte schlimmer ausgehen können, viel schlimmer. Plötzlich spürte Käfer leichten Schwindel und fröstelte. Er atmete tief durch und ging ein paar Schritte hin und her, bis er sich besser fühlte. Er dachte voll Dankbarkeit an Sepp Köberl und seine Christine.

Nach und nach besserte sich Käfers Laune. Der Ärger über das unbefriedigende Gespräch mit Bruno Puntigam war unwichtig geworden, der materielle Schaden war auszuhalten und er hatte zwei Menschen kennen gelernt, die er bald zu seinen Freunden zählen wollte. Er folgte nun einem Fußweg, der jenseits der Traun nach Aussee führte.

Ein paar Augenblicke lang hatte Käfer helle Freude am Leben. Aber Sabine fehlte, fehlte so sehr wie noch nie. Bislang war er recht zufrieden damit gewesen, dass sie in seinem Junggesellenleben eine Art emotionaler Ausfallshaftung übernahm, auch ordnend oder helfend eingriff, wenn ihm die Probleme wieder einmal über den Kopf wuchsen. Worte wie Nähe und Vertrautheit hatten ihn eher beengt und beunruhigt. Und Sehnsucht hatte er stets als gefährliche Bewusstseinstrübung gefürchtet, die allenfalls in der weniger sentimentalen Erscheinungsform als sexuelle Begehrlichkeit zu ertragen und zu entsorgen war. Käfer war mit den bewährten Illusionen eines Männerlebens ganz gut zurechtgekommen in all den Jahren, hatte sich für einen meisterlichen Autofahrer und einen umwerfenden Liebhaber gehalten. Ersteres war mit dem heutigen Tage entschieden in Frage zu stellen, für Letzteres gab es allenfalls Indizienbeweise, die einer näheren Untersuchung wohl kaum standhalten würden – so hätte es zumindest sein Bruder und Anwalt formuliert. Anders gesagt, es war nicht ganz von der Hand zu weisen, dass er, Daniel Käfer, im freien Markt der Emotionen und Leidenschaften nur deshalb kein Ladenhüter war, weil es Frauen gab, die es einfach nicht übers Herz brachten, ihn links liegen zu lassen.

Meuchlings überkam Käfer der Wunsch, etwas für Sabine zu tun, etwas, das er noch nie für sie getan hatte. Davon gab es eine ganze Menge, wie er bei näherer Betrachtung feststellen musste. Aber er musste ja auch nicht gleich übertreiben. Erstaunlich! Käfer blieb stehen, so sehr hatte ihn die Erkenntnis überrascht, dass er Sabine noch nie einen Brief geschrieben hatte, erst recht keinen Liebesbrief. Er, für den das geschriebene Wort so viel bedeutete. Na, vielleicht auch gerade deshalb.

In Aussee angekommen, ging Käfer mit feierlicher Umständlichkeit ans Werk. Lange suchte er nach geeignetem Briefpapier, so auf halbem Wege zwischen betörendem Kitsch und gediegener Zurückhaltung, wie es dem unbedachten Jüngling und dem reifen Manne gleichermaßen zustand. Dann nahm Käfer die Gelegenheit wahr, sein edles Vorhaben mit einem Geschenk an sich selbst zu verbinden: Er kaufte sich einen sündhaft schönen und obszön teuren Füllfederhalter, dazu schwarze Tinte. Käfer trug seine Beute ins Kurhauscafé Lewandofsky, suchte nach einer verschwiegenen Ecke, bestellte ein Glas Rotwein, nippte, grübelte, blickte verhangenen Auges ins Weite, schrieb endlich, zerknüllte den Papierbogen und begann aufs Neue. Irgendwann war das Werk dann doch vollbracht. Käfer schrieb noch Sabines Münchner Adresse auf das Kuvert und machte sich auf den Weg zum Postamt.

Dort angekommen, wurde er wieder unschlüssig. Sabine war viel unterwegs. Durchaus möglich, dass sie dieses bedeutsame Schreiben nicht mehr vor ihrer Reise ins Ausseerland erreichte. Vielleicht war es besser, ihr den Brief persönlich zu überreichen – oder es auch bleiben zu lassen.

Es fing an, dunkel zu werden, als Käfer am Ziel seiner kontemplativen Winterwanderung anlangte. Maria Schlömmer war nicht in ihrer Küche, aber von oben, von Käfers Zimmer her, kam Licht. Er ging die Treppe hinauf und sah Sabine, die halb schlafend auf dem Bett lag. Sie richtete sich auf und blieb ein wenig benommen auf der Bettkante sitzen. „Daniel! Wo hast du dich herumgetrieben? Seit Stunden warte ich hier auf dich. Und was ist mit deinem Kopf los … das Pflaster … ein Unfall?"

Er nahm neben ihr Platz. „Ich habe die Ente zertrümmert, mit meinem Lebensretter zu Mittag gegessen und den Rest des Tages damit zugebracht, dir einen Brief zu schreiben."

„Mein Lieber!" Sie strich über das Pflaster an seiner Schläfe. „Hat es ihn arg erwischt, den Kopf?"

„Du meinst, so arg, dass ich anfange, dir Briefe zu schreiben?"

„Ja, merkwürdig ist es schon. Hast du ihn zur Post gegeben?"

„Nein."

„Dann gib her."

„Nie im Leben."

„Oder lies vor."

„Du meinst jetzt gleich?"

„Ja."
„Hm." Er zog das Kuvert hervor. „Bütten, Sabine."
„Öffnen, Daniel."
Käfer nahm den Papierbogen heraus, faltete ihn auseinander und zögerte.
„Wirst du wohl, du Feigling?"
„Also gut, hier steht, offenbar in meiner Handschrift:
Bad Aussee, 23. Februar 2006.
Sabine, Liebes,
ich habe Dir nicht viel zu geben: Einen Schrei vielleicht, der ein Flüstern bleibt, einen Tag, der ein wenig der Nacht gehört, mich.
Vergiss nicht die hellen Teufel in Deinen Augen und nicht das Gras und das kleine Stück Ewigkeit.
Danke, Du.
Daniel."

6

Maria Schlömmer setzte sich zu ihren Gästen an den Frühstückstisch. „Aufstehn um zehn und dann immer noch müd dreinschauen, das hab ich gern."

Sabine ließ versonnen einen dünnen Strahl Honig auf ihr Butterbrot fließen. „Daniel hat mir einen Brief geschrieben, Maria."

„Redet er nichts mehr mit dir?"

„Doch, das auch. Aber dieser Brief …, lass es mich so sagen: Die Korrespondenz hat sich dann ziemlich in die Länge gezogen."

„So, so. Und wo ist die Ente?"

Käfer grinste. „Ich hab versucht, mit ihr in die Traun zu fallen. Aber der Sepp Köberl hat uns aufgefangen."

„Unser Heimatforscher?"

„Ja, der. Was macht er eigentlich hauptberuflich?"

„Lehrer ist er an der Hauptschule. Wundert mich, dass er zuhaus war. Sind ja keine Ferien. Das Auto ist hin?"

„So gut wie, wir werden sehen. Ein nettes Paar, der Sepp und die Christine!"

„Schaut so aus. Muss aber nicht sein." Frau Schlömmer begann das Geschirr abzuräumen. „Ich fahr jetzt einkaufen. Du hast übrigens Post bekommen, Daniel, ganz eilig. Liegt draußen im Vorraum neben dem Telefon."

Käfer hatte nach Sabines Hand gegriffen. „Ach du meine Güte, der Vertrag!"

Gute zwei Stunden später saßen Daniel Käfer und Sabine Kremser noch immer am Frühstückstisch, auf dem nun das Schriftstück von Kappus & Schaukal lag. „Daniel, ich kann es fast nicht glauben. Warum hast nicht schon gestern erzählt?"

„Es hat Wichtigeres gegeben."

„Ach du … Wirst du unterschreiben?"

„Wenn mein Bruder keine Einwände hat, ja."

„Weißt du, Daniel, ich kann mir nicht vorstellen, dass dich ein berufliches Paradies auf Erden erwartet. Aber eine gewaltige Chance allemal. Nur eins versteh ich nicht: Ich trau dir zwar alles Mögliche zu, aber diese rasche und konsequente Entscheidung …"

„Ich hatte mit einer virtuellen Sabine eine Besprechung auf der Bettkante."

„So? Hattest du? Keine schlechte Idee. Wie geht es heute weiter mit dir, Senkrechtstarter?"

„Nur schnell eine E-Mail mit dem Konzept an Puntigam, telefoniert hätte ich auch noch gerne mit ihm. Und dann ein Besuch bei Familie Köberl."

„Da wäre ich gerne dabei, wegen der Motive im Ausseer Fasching. Ich denke, dass er mir helfen kann. Tu deine Arbeit, Daniel, ich versuche einstweilen mir diese Nacht aus dem Gesicht zu schminken. Wir fahren dann mit meinem Auto."

„Geh bitte du ans Steuer, Daniel. Als Norddeutsche empfinde ich diese Landschaft als entschieden zu abgründig, noch dazu im Winter."

„Na, du hast Mut. Nach dem gestrigen Abenteuer ..."

„... wirst du heute jeglichen Leichtsinn vermeiden. Hast du Herrn Puntigam erreicht?"

„Ja. Er hat sehr gelacht über meinen Unfall und will mir gleich morgen ein Auto vor die Tür stellen lassen, ein anständiges, wie er sich ausgedrückt hat."

„Und sonst?"

„Wie gestern. Irgendwie unverbindlich. Aber das ausführliche Konzept hat er jetzt, und ich werde ihn energisch dazu bringen, sich konkret damit auseinander zu setzen. Übrigens habe ich den Text auch gleich ein paar Kolleginnen und Kollegen von früher geschickt. Bin gespannt, was denen dazu einfällt. Ja, und Henning Mertens lebt zumindest noch, hat Puntigam gesagt. Nur noch eine Frage der Zeit, bis er die Adresse findet."

„Und du meinst wirklich, dass der alte Knacker für dich der richtige Partner ist, Daniel?"

„Ja. Kennst du die australische Banksia-Pflanze?"

„Irgendwann gelesen davon, ist aber nichts präsent."

„Die Banksia kann sich nur durch Buschbrände verbreiten und damit überleben."

„Ah ja. Und weiter?"

„Henning Mertens ist mein Buschbrand. Sag Banksia zu mir."

Käfer hielt auf dem Parkplatz vor dem alten Kurmittelhaus. „Wir gehen ein Stück zu Fuß. Ein kleiner Spaziergang kann nicht schaden und an der Grundlseer Straße werden wir den Wagen kaum stehen lassen können." Er schaute zum Dach hinauf. „Hoffentlich kommt nichts herunter, Sabine. Wäre schade um dein Auto."

„Offen gesagt, mir legen sich diese Schneemassen ein wenig drückend aufs Gemüt."

„Kopf hoch, Sabine. Im Fasching geht's den Winterdämonen an den Kragen. Wobei ich mir nicht sicher bin, ob so ein Dämon einen Kragen hat."

Als die beiden die kleine Stadt hinter sich gelassen hatten, wählten sie einen schmalen Hangweg oberhalb der Straße, der dann die Traun überquerte und dem bewaldeten Ufer folgte. Käfer blieb unvermutet stehen.

„Was ist, Daniel, müde?"

„Ich? Nie! Ich verharre nur an jener denkwürdigen Stelle, an der ich auch gestern innegehalten habe."

„Du hieltest inne? Mein Gott, wie feierlich!"

„Ja. Weil du mir gefehlt hast."

Nach einer guten Weile löste sie sich aus seinen Armen. „Wir gehen dann lieber weiter, Daniel, bevor wir zum öffentlichen Ärgernis werden."

„So, die nächste Traunbrücke, Sabine! Da drüben am anderen Ufer steht das Haus der Familie Köberl. Ein Stück rechts davon ruhen die Reste meines Autos – nicht zu sehen von hier aus. Besichtigung gewünscht?"

Sabine schauderte. „Ich glaube fast, ich möchte darauf verzichten. – Die mit den zwei Einkaufstaschen … Frau Köberl?"

„Ja, tatsächlich! Komm!"

Minuten später saßen sie zu dritt im Wohnzimmer. Käfer hatte seinen Platz von gestern eingenommen. „Wo ist Ihr Mann?"

„Oben wird er sein. Er schreibt ja den Lehrer-Faschingsbrief und trägt ihn mit Kolleginnen und Kollegen dann auch vor, am Sonntag. Eine schwere Bosheit nach der andern. Na, mir soll's recht sein, wenn ihm nachher leichter ist. Hunger? Bei uns ist das Mittagessen heute gestrichen. Der Sepp möcht weniger werden und ich möcht bleiben, wie ich bin. Aber irgendwas zum Essen ist ja immer da."

Sabine gähnte verhalten. „Nein, danke, nur keine Umstände. Wir hatten ein sehr spätes Frühstück. Darf ich gleich mit der Tür ins Haus fallen, Frau Köberl?"

„Fallen S' nur!"

„Ich soll ja für Daniels Buchprojekt fotografieren. Doch über den Fasching im Salzkammergut weiß ich so gut wie nichts. Können Sie mir weiterhelfen?"

„Da ist der Sepp der Richtige. Aber den möchte ich jetzt nicht stören. Bleiben S' erst einmal sitzen. Er kommt dann schon irgendwann. Kaffee?"

„Ja, bitte!"

Christine Köberl servierte. „Ich stell ein paar Beugeln dazu. Zum Kaffee passen sie eigentlich nicht, aber zum Fasching. Und wer beim Beugelreißen das größere Stück in der Hand behält, hat mehr Glück. Sie können sich vorstellen, wie es mir mit dem Sepp geht und seinen riesigen Pratzen."

Käfer griff neugierig zu dem mit Salz bestreuten, ringförmigen Gebäck. „Na, Sabine? Was ist?"

„Ein grausamer Brauch, Daniel. Einer reißt dem anderen das Glück aus der Hand. Weißt du was? Wir teilen."

„Du bist zu gut für diese Welt und für den Fasching erst recht." Käfer kostete. „Schmeckt ja sehr originell! Kennen Sie das Rezept, Frau Köberl?"

„Kennen wär zu viel gesagt. Aber der Sepp hat mit einem Bäcker darüber geredet. Der Teig besteht aus Weizenmehl, Roggenmehl, Malzmehl, Germ und Wasser. Gewürzt wird mit Salz und Kümmel. Die Teigringe werden zuerst gekocht und dann gebacken. Und jetzt hör ich den Sepp kommen. Wenn er Kaffee riecht, freut ihn die Arbeit nicht mehr."

„Ah, Beugeln! Wenn das kein Fruchtbarkeitssymbol ist, was dann?" Er griff zu. „Da gibts auch ganz große. Die werden den Trommelweibern an die Fahne gehängt und um den Hals."

Christine Köberl stellte ihrem Mann eine gefüllte Tasse hin, gab Zucker hinein und rührte um. „Eins nach dem anderen, Sepp. Die Frau Kremser ist Fotografin und kennt sich mit unserem Fasching nicht aus. Erzählst ihr was?"

„Gern. Aber bevor ich's vergesse: Ich hab mich wegen Ihrer Ente erkundigt, Herr Käfer. In Goisern drüben gibt es einen 2CV Club und die kennen einen Mechaniker, der sich die Reparatur von diesem Blechhaufen zutraut. Wird aber ganz schön was kosten."

„Das soll's mir wert sein, Herr Köberl! Noch dazu, wo es beruflich wieder aufwärts geht. Heute war der Vertrag in der Post. Deutscher Medienkonzern, Chefetage, mein Lieber!"

„So?"

„Entschuldigen Sie, ich wollte nicht angeben. Aber es ist eben eine große Sache für mich. Da redet man halt gerne drüber."

Sepp Köberl betrachtete Käfer schweigend. Dann stand er auf, ging in die Küche, kam mit einer Flasche und zwei

Gläsern wieder, goss ein. „Zirbenschnaps. Auf Ihre Zukunft, Herr Käfer, wenn auch nicht auf meine!" Er leerte sein Glas und füllte es wieder. „Also um den Fasching geht's?" Er schob eine Zeitung über den Tisch. „Die Alpenpost. Da steht drin, was alles wann und wo passiert. – Sie kommen aus Deutschland, Frau Kremser?"

„Schleswig-Holstein. Eutin."

„Also ganz oben. Was ich sagen wollte: Denken Sie bloß nicht an bestens organisierte Umzüge und Faschingssitzungen. Bei uns regiert das Durcheinander. Aber es spielt sich fast alles im kleinen Ortszentrum ab. Sie können nichts versäumen. Doch rechnen Sie besser damit, dass Ihnen ernsthafte Arbeit nicht gerade leicht gemacht wird."

„Nichts Neues für mich, Herr Köberl."

„Na dann! Hat Ihnen Ihr Kollege …"

„… Freund!"

„… hat er Ihnen von den Faschingsbriefen erzählt?"

„Ja, ein wenig."

„Früher konnten die Ausseer damit ihren Ärger über das strenge Regiment des Salzamtes los werden. Heute zieht jeder über jeden her. Ja, und dann werden Sie die ganze Zeit über auf Maschkera stoßen, Tag und Nacht."

„Ich verstehe nicht ganz."

„Maskierte Gruppen, die Unfug treiben, harmlos oder auch gar nicht harmlos, oft zu aktuellen Themen. Da gibt's zum Beispiel ein neues Freudenhaus im Ort. Könnt mir denken, dass diesmal so manche keusche Ausseerin auf die Idee kommt, als Lustobjekt auf die Männer loszugehen."

„Aber!"

„Montag und Dienstag ziehen dann den ganzen Tag Trommelweiber durch den Ort. Erst die Bürger, dann die Arbeiter. Trommelweiber sind Männer in Frauengewändern … Trommeln, Trinken, Faschingsmarsch, Trinken,

Trommeln ... Ziemlich suggestiv, das Ganze, und – wie soll ich sagen – wuchtig. Dafür wird's mit den Flinserln am Dienstag schön und poetisch. Daran ändern auch die finsteren Bless nichts."

„Wie stell ich mir das vor?"

„Bunte, kostbare Kostüme, fröhliche Musik, Süßes für die Kinder – und ein paar schlecht gelaunte Winterdämonen. Übrigens geht es auch in Ebensee ziemlich hoch her an diesen drei Tagen."

Christine Köberl nickte heftig. „Wundert mich direkt, dass uns der Herr Ausseer auch noch zur Kenntnis nimmt."

„Ich bin nicht so oft drüben wie du."

„Dann komm halt mit!"

„Das könnt dir so passen, dir und deiner Tochter. Also, Frau Kremser, für Sie sind in Ebensee die Fetzen am interessantesten. Bunte Lumpengewänder, wie der Name sagt, groteske Holzmasken, skurriler Kopfschmuck, Musik natürlich – der Ebenseer Faschingsmarsch diesmal. Und alles in allem geht's bei denen da drüben noch wilder zu als bei uns, und das will was heißen. Was sagst du, Christine?"

„Recht hast. Übrigens feiern wir sogar am Aschermittwoch weiter, mit dem Fetzenverbrennen und Trauergesellschaften, die in den Wirtshäusern das Faschingsende beklagen – inklusive Pfarrer mit ziemlich obszönen Litaneien. In Aussee ist am Mittwoch alles vorbei."

„Wie man's nimmt!" Sepp Köberl trank mit einer heftigen Bewegung sein Schnapsglas leer, stand auf und ging nach oben.

Käfer schaute ihm nach. „Was hat er denn?"

Christine Köberl ließ mit einer leichten Handbewegung den Rest Kaffee in ihrer Tasse kreisen. „Am Mittwoch holt ihn der Teufel, oder er lässt ihn da."

7

„Was sagen Sie?"

„Nicht viel sag ich." Frau Köberls Stimme klang müde und gereizt. „Er redet nicht darüber, und ich soll auch nicht darüber reden. Also red ich halt herum."

„Blöde Geheimniskrämerei, Sie entschuldigen schon."

„Man könnt auch Privatsache dazu sagen."

„Nat gut. Aber wenn wirklich der Hut brennt … Sie und Ihr Mann können auf mich zählen, was immer es ist."

„Jetzt ist erst einmal Fasching. Und ich hör was an der Haustür. Wird die Sieglinde sein – da ist sie ja, und mit ihr die Anna Hopfer!"

„Anna!" Käfer wollte aufspringen, warf Sabine einen unsicheren Blick zu und blieb sitzen.

„Grüß euch! Soll ich dir deine Ente frisch aufbügeln, Daniel?"

„Sehr witzig, Anna."

Sieglinde Köberl war auf ihre Mutter zugegangen, umarmte sie und bekam einen offenbar liebevollen Klaps aufs Hinterteil. Dann wandte sie sich den Gästen zu. „Hallo! Sie sind der Herr Käfer, stimmt's? Dann müssen Sie die Sabine sein. Willkommen in der Höhle des Löwen!"

Christine Köberl hatte einen Arm um die Schultern ihrer Tochter gelegt. „Wie sprichst du von deinem Vater, Kind!"

Käfer betrachtete die beiden, eine das Ebenbild der anderen, mit ein paar Jahren Unterschied. Und das gleiche Lächeln auch noch. „Gratuliere zu Ihrer Tochter, Frau Köberl!"

„Danke! Es ist ein Glück, dass sie nicht dem Vater nachgerät, äußerlich."

„Also bitte!" Sepp Köberl war, von Käfer unbemerkt, wieder ins Wohnzimmer gekommen. „Fertig, der Faschingsbrief. Waren ja nur noch ein paar aktuelle Änderungen. Setzt euch her da, ihr zwei!"

Anna schaute auf die Uhr. „Nein, danke, ein anderes Mal! Ich geh gleich und die Sieglinde nehm ich mit. War nur eine Zwischenlandung, zur elterlichen Beruhigung. Noch allerhand zu tun …"

„Geht's Maschkera?"

„Was sonst, Herr Köberl? Für die Trommelweiber sind wir zu weiblich und für die Flinserln zu wenig bürgerlich."

Sabine war aufgestanden. „Kann ich mitfahren, Anna? Jetzt ist noch Licht für die Motivsuche."

Anna schaute zum Fenster hin. „Na klar, gern. Wird aber verdammt eng werden, ich hab einen alten Panda."

„Um so geselliger."

„Mir soll's recht sein. Lass dir eine Minute Zeit, Sabine, ich geh schon einmal hinaus, den Rücksitz freiräumen."

„Kaum sind die Weiber aus dem Haus, wird's gemütlich." Sepp Köberl legte seiner Frau eine Hand auf die Schulter. „Und mit dir werden wir es grad noch aushalten, Christine."

„Hab ich ein Glück mit so einer Seele von Mann. Noch Kaffee, Sepp?"

„Ja."

„Sie auch, Herr Käfer?"

„Bitte, gern!"

Köberl schaute zur Küche hin. „Na, dann werd ich halt auch was tun und einmal nachlegen." Wie ein träger Kater ging er auf dicken Stricksocken durchs Zimmer, öffnete die Tür des Kachelofens, schaute prüfend in die Glut und warf zwei Scheiter hinein. „Das Haus hat ein Holzservitut, ein Bezugsrecht. Weil die Salinen früher so viel Brennstoff gebraucht haben, sind immer mehr Privatwälder enteignet worden. Und so ein Servitut ist dann als Trostpflaster übrig geblieben. Direkt ein Glück, dass unsere Herrn Habsburger so begeisterte Jäger waren."

„Wie kommen Sie jetzt darauf?"

„Sonst hätte es einen gnadenlosen Kahlschlag gegeben im ganzen Salzkammergut. Aber es war eben beides begehrt: das Geld aus der Salzwirtschaft und das Wild im Wald."

„Werden die Wilderer hierzulande auch ihre Freude gehabt haben."

„Natürlich. Aber das war eine gefährliche Sache damals, nicht zu vergleichen mit heute. Unter Maria Theresia war die Strafe dafür lebenslängliche Verbannung und Zwangsarbeit."

„Die gute alte Zeit! Was ich noch sagen wollte, Herr Köberl: Ich bin tief in Ihrer Schuld, wirklich!"

„Wenigstens einer. Sonst kenn ich's eher umgekehrt."

„Ich würde sehr gerne etwas für Sie tun …, das Mindeste wäre zum Beispiel die publizistische Unterstützung für ein neues Buch von Ihnen. Es soll ja eins kommen, diesmal über das gesamte Salzkammergut. Hab ich in der Alpenpost gelesen."

„Dann weiß die Alpenpost mehr als ich."

„Also kein Buch? Ewig schade! Wo ist das Problem?"

„Sitzt Ihnen gegenüber, Herr Käfer. Reden wir über was anderes, wenn's leicht geht?"

„Klar."

Käfer wusste aber nicht recht, was er sagen sollte, und Köberl wusste offenbar nicht recht, ob er etwas sagen sollte. Das Schweigen zwischen den beiden wurde zusehends unbehaglich.

„So, der Kaffee. Und Krapfen. Fasten ist ja gut und recht, aber man kann auch übertreiben." Frau Köberl schaute ihrem Mann und dann ihrem Gast ins Gesicht. „Ist was mit euch?"

Beide schüttelten die Köpfe und griffen nach den Kaffeetassen. Käfer schaute zum Fenster hin. „Es schneit wieder." Sein Gegenüber grinste. „Übers Wetter redet sichs immer noch am Leichtesten. Ich mag ihn ja, den Schnee, aber schön langsam hab ich auch genug davon. Was steht denn auf dem Stundenplan, morgen?"

„Keine Ahnung. Aber was die nächsten paar Minuten angeht, weiß ich Bescheid. Ich müsst nämlich dringend wo hin …"

„Im Vorzimmer rechts, mit dem grünen Herz auf der Tür. Schließlich sind wir hier in der Steiermark, na ja, irgendwie, wenigstens."

„Haben S' alles gefunden, Herr Käfer?"

„Hab ich. Sagen Sie einmal, Herr Köberl, das Bild auf dem Klo … ein Herzmanovsky-Orlando?"

„Gut beobachtet."

„Aber bestimmt ein Kunstdruck?"

„Nein."

„Sie wollen mir doch nicht einreden, dass dort ein Original hängt?"

„Warum nicht?"

Christine Köberl berührte leichthin eine Hand ihres Mannes. „Das ist echt, das Bild. Heißt übrigens *Befruchtung durch das Ohr*."

„Christine!"

„Weil's wahr ist. Und auf dem Klo hängt es, weil der Sepp den Herzmanovsky nicht mag und seine Sachen erst recht nicht."

„So kannst du das auch wieder nicht sagen."
„Wie sonst?"
„Das ist alles sehr kompliziert."
„An dir ist ein Bundeskanzler verloren gegangen, Sepp."
„Red nur, Christine. Aber es ist nun einmal so: Bis heute kennt sich mit diesem Menschen kaum einer aus."
„Muss ich mich auskennen, bei einem Künstler?"
„Hast ja recht, wie immer und überall. Aber ich seh schon, Herr Käfer, Sie werden mehr wissen wollen. Bin gleich wieder da, ich hol nur was aus dem Schuhschachtel-Archiv."

„So. Budapester, ungarischer Leisten, Größe 41. Da liegt er drin, der Meister, soll heißen, alles, was ich hab über ihn."
„Es hat doch einen Salzkammergut-Bezug gegeben, oder irre ich mich?"
„Aber nein, Herr Käfer. Das fängt mit den Eltern und ihrer Sommerfrische an, erst in Altaussee und St. Wolfgang. Damals war noch die Lokalbahn zwischen Ischl und Salzburg unterwegs. Herzmanovsky schreibt in seinen Lebenserinnerungen, dass *den Zügen immer Dackel nachlaufen*. Mit Altaussee war die Verbindung dann intensiver. Kennen Sie die Villa Kerry?"
„Nein. Nur den Namen habe ich irgendwann gehört. Eine Künstlerin, glaub ich."
„Da reden Sie von der Christine Kerry. Ihre Eltern waren mit den Herzmanovskys befreundet. 1900 hat man die Altausseer Sommerfrische in bester Nachbarschaft verbracht. Und die Tochter ist später als Künstlerin recht bekannt geworden. Zeichnungen von der Christl Kerry finden sich fast in jedem besseren Ausseer Haushalt. Und

ihre Villa ist 1945 zu fragwürdigem Ruhm gelangt, als man im Gemüsegarten einen Nazi-Schatz gefunden hat: Auf einem Hügel ist da ein Holzbrett in der Erde gesteckt, auf dem *Petersilie* zu lesen war. Darunter wurden zwei schwere Eisenkassetten gefunden, gefüllt mit 75 Kilo Goldbarren und 19.200 Goldmünzen. Herzmanovsky war dann noch einmal in der Villa Kerry zu Gast – ja, da steht's … 1949. Es hat damals sogar ein kleines Filmprojekt gegeben – jagende Falotten verleiten ein schönes englisches Mädel zum Wildern."

Frau Köberl lächelte, vielleicht noch ein wenig schmäler, noch ein wenig schärfer als sonst. „Bemerken Sie, Herr Käfer, wie sich mein Mann bemüht, dem Thema Ebensee auszuweichen?"

„Ja? Tut er das?"

„Tut er natürlich nicht." Sepp Köberl seufzte. „Manchmal kommt mir meine Frau vor wie ein exterritoriales Ebenseer Hoheitsgebiet im nur halbwegs befreundeten Ausland. Aber bedenke, liebes Weib, dass der geografische Mittelpunkt von Österreich in Bad Aussee zu finden ist."

„Wenn man nur lang genug sucht, ja. Aber für das gute alte Salzkammergut, mein Bester, war der wichtigste Vermessungspunkt die Marktanne in Ebensee."

„Auch recht. Jedenfalls hat sich die Familie Herzmanovsky dort schon 1903 eingenistet – in der Villa Almfried. Und dein verehrtes Genie hat dann durch Jahrzehnte die Sommermonate in Ebensee verbracht. Anfangs war er begeistert, dann war's ihm zu nass und zu kalt, und eines Tages hat er an seinen Freund Kubin geschrieben: *Denk dir, unsere Gegend ist so dummheitsgeschwängert, dass sehr sensitive Leute diese auch als eine Art Käse schneiden könnten.*"

„Ja, Sepp, weil die Ebenseer Salinenarbeiter gemeint haben, dass Schnellzüge an ihrem Bahnhof erst gar nicht stehen bleiben sollen, weil sie für ihresgleichen sowieso zu teuer wären."

„Und auf die spendablen Sommergäste ist fröhlich gepfiffen worden, wie? Denk nur an die Familie Mendelssohn, Christine. Die hat viel für Ebensee getan."

„Trotzdem imponiert mir ein proletarisches Selbstbewusstsein."

„Meinetwegen. Was tut man mit so einer Klassenkämpferin im Haus, Herr Käfer?"

„Sie gewinnen lassen, Herr Köberl."

„Lieber nicht. Das wird noch zur Gewohnheit bei ihr. Aber zurück zum Herzmanovsky. Einerseits hat ihm das Salzkammergut als Schauplatz allernobelster Vertrottelung gefallen, als Refugium monarchischer Gespenster, andererseits war er froh und stolz, dass es ihm ein wahrhaftiger k. k. Minister des Inneren *mit allerhöchster Entschließung* gestattete, den Doppelnamen Herzmanovsky-Orlando zu führen."

„Damit hat er den Namen seiner Mutter für die Nachwelt bewahren wollen, Sepp."

„Ja, vielleicht auch. Ich weiß halt nicht, ob sie auf das spätere Leben ihres Sohnes besonders stolz gewesen wäre. Sein Berufsleben als Architekt war ja mehr eine Episode."

„Weil er krank geworden ist. Die Nieren …"

„Dafür kann er nichts, hast Recht. Aber seine mystischen Spinnereien …, die waren ein sehr gewolltes Privatvergnügen. In und um Ebensee hat es für ihn nur so gewimmelt von Elfen, Gnomen, Faunen, Trollen und saligen Frauen."

„Kommt mir manchmal auch so vor, Sepp. Erst recht im Fasching."

„Sehr lustig. Aber dein Herr Künstler ist sehr bald einer ziemlich bedenklichen Person auf den Leim gegangen, dem Jörg Lanz von Liebenfels."

Käfer schaute überrascht auf. „Hitlers Ideenlieferant?"

„Eben der. Kubin hat den Hermanovsky auf dessen Schriften hingewiesen, zum Beispiel ..." Köberl kramte in der Schuhschachtel. „... zum Beispiel: *Theozoologie oder die Kunde von Sodoms-Äfflingen.* Die zwei Spinner sind jedenfalls bald dicke Freunde geworden, nur im Zweiten Weltkrieg haben sie sich aus den Augen verloren. Aber kaum war's vorbei, wurde mit Feuereifer die alte Rassenlehre unter neuen Vorzeichen fortgeführt. Jetzt waren halt die Nazis und die Kommunisten Sinnbilder des Niederrassigen und Erzfeinde des heroischen Menschen. Dein Herzmanovsky, Christine, war vielleicht kein Bösewicht, aber ein uneinsichtiger Verrückter – und Letztere mag ich noch weniger."

„Das war die eine Seite von ihm. Aber mit Frauen ist er doch begabter umgegangen, nicht wahr?"

„Begabter vielleicht, bestimmt aber berechnender. An Kubin hat er einmal ungefähr so geschrieben: Ich muss eine Partie machen, das ist das einzige Geschäft, das noch halbwegs rentabel ist. Und einer Verflossenen hat er den schönen Satz nachgeworfen: *Goldenes Gewächshaus meiner Seele, die mit der Jauche der Erinnerung begossen wird.* Mit der Christl Kerry war er sogar verlobt, die wäre ja wirklich eine Partie gewesen. Aber dann ist die Servierin Carmen Schulista über ihn hereingebrochen, man kann's nicht anders nennen. Von da an war er verklärt. Was sagt ihr dazu? Gleich hab ich's: ... *Sündensüßes Höllenkonfekt / Tantenbewahrte / Dämonenumflirrte / Grazie des Grauens / zu Spitzen webst Du Menschenschicksale / zu zierlichster Spitze / und trägst sie als Höschen ...* Na und so weiter."

Käfer neigte beeindruckt den Kopf. „Erstaunlich, was Sie so zusammengetragen haben, Herr Köberl."

„Halb so wild. Seit ein paar Jahren liegt ja eine Gesamtausgabe vor."

„Ah ja. Nur eine Frage noch, wenn's gestattet ist. Wie kommt jetzt der Herzmanovsky aufs Klo?"

„Das sagt Ihnen besser meine Ebenseerin. Na, Christine?"

„Meine Familie hat ihn persönlich gekannt. Die Mutter hat erzählt von ihm. Und die Omi hat als junges Mädchen Zeichnungen geschenkt bekommen."

„Geschenkt? Nur einfach so, und gleich mehrere? Merkwürdige Geschichte!"

„Ja, zugegeben. Jedenfalls gehören die Zeichnungen jetzt mir."

„Ich hab eine reiche Frau, Herr Käfer. Und dabei bleibt's."

Käfer hörte eine Weile dem Schweigen zwischen den Eheleuten zu und konnte wenig damit anfangen. Er stand auf, sagte, dass es sehr schön gewesen wäre und überaus interessant. Nun müsse er aber doch …

Christine Köberl lächelte ihm zu, Sepp Köberl brachte ihn zur Haustür. „Bis bald, Herr Käfer, hoffentlich!"

„Ja, bis bald!"

Große Schneeflocken sanken in die Dämmerung des frühen Abends. Käfer empfand die Kälte als erfrischend. Er freute sich auf den kommenden Spaziergang, durchquerte den Vorgarten und schob mit den Schuhen Schnee beiseite, um das Gatter im Zaun öffnen zu können. Dann glaubte er im Halbdunkel die Nähe eines Menschen zu spüren. Ein paar Schritte weiter sah er ihn. Der Mann stand unbeweglich da und starrte auf das Haus der Familie Köberl.

Käfer erschrak, nahm sich aber rasch zusammen und trat näher. Der Mann war kleiner und jünger als er, aber breiter und viel muskulöser. Glatzkopf, Piercings und etwas wie verbissene Wut im Gesicht. Außerdem roch dieser Mensch heftig nach Pitralon. „Guten Abend. Suchen Sie etwas Bestimmtes, kann ich helfen?"

Käfer hatte noch nicht ausgeredet, da lag er schon im Tiefschnee, und seine Brust schmerzte von einem heftigen Schlag. Verdammt, was hatte das jetzt zu bedeuten? Und sollte er nicht mit Sepp Köberl darüber reden? Doch was gab es wirklich zu erzählen? Ein erschreckender Mensch mit verdächtiger Blickrichtung und rüden Manieren, der inzwischen verschwunden war? Käfer schluckte seinen Ärger hinunter und machte sich auf den Weg.

8

„Sabine! Schön, dass du auch zurück bist!"

„Seit etwa einer halben Stunde, Daniel. Erst war ich mit Anna und Sieglinde im Auto unterwegs und dann zu Fuß. Eine Landschaft zum Anbeißen, ein Winter zum Fürchten und wohl auch zum Träumen. Aber keine Spur von Fasching."

„Wart's ab, Sabine. Weißt du übrigens, wem das Auto vor dem Haus gehört?"

„Vermutlich dir. Die Maria hat erzählt, dass es am Nachmittag von Boten hier abgestellt worden ist – mit einer Nachricht für dich, ich hab's nicht gelesen, diskret wie ich bin."

„Aber!" Daniel Käfer nahm den Brief aus dem Kuvert. „Also höre, Sabine: *Daniel, alter Uhu, ich hoffe, du hast Spaß am neuen Fahrzeug – ein Citroën, wie deine Ente, aber doch eine Spur größer und verdammt schnell. Und dann ist hier noch die Adresse von diesem Henning Mertens. Vergiss sie, Daniel, wenn dir dein künftiges Berufsleben lieb ist!"* Käfer starrte auf das Blatt Papier. „Also Erding – das ist doch bei München? Keine Telefonnummer dabei, eigenartig."

„Wie geht's weiter, Daniel?"

„Brauchst du mich morgen dringend, Sabine?"

„Du fährst also nach Bayern. Sei vorsichtig, bei dem Schnee."

Daniel Käfer war mit dem neuen Auto ganz gut zurechtgekommen. Noch am Abend hatte er in der dicken Gebrauchsanweisung gelesen und erstaunt registriert, auf wie viele Errungenschaften der Technik er bislang leichten Herzens verzichten konnte und hoffentlich bald wieder verzichten würde. Es war ihm sogar gelungen, mit dem elektronischen Navigationssystem zu kommunizieren. Wie von unsichtbaren Fäden gezogen näherte er sich der gesuchten Adresse und wurde am Ziel auch noch von einer synthetischen Stimme willkommen geheißen. Nur die Parkplatzsuche blieb ihm selbst überlassen. Ich bin nicht gereist, dachte Käfer, ich bin gereist worden, nichts für mich.

Er fand das Haus, suchte vergeblich nach Namensschildern und Klingelknöpfen, trat einen Schritt zurück und sah oberhalb der Tür eine kleine Tafel: *Wohnheim des bayerischen Asylvereins e.V.*

Käfer klopfte, wartete, klopfte noch einmal, drückte die Klinke und trat ungehindert ein. Vor einer leeren Portierloge blieb er stehen. Es war sehr still hier, und es roch nach Putzmittel. Der graubraune Plastikboden glänzte wie lackiert, die Wände waren bis zur halben Höhe mit einem dunkelgrünen Schutzanstrich versehen. „Guten Tag, ist da jemand?" Keine Antwort. Im Erdgeschoss fand Käfer eine Reihe versperrter Türen vor, einen Wirtschaftsraum, übervoll mit säuerlich riechender Schmutzwäsche und eine Art Sanitätszimmer mit vier Eisenbetten, einem Rollstuhl und einer Tragbahre.

Er ging in den ersten Stock hinauf. Hier waren Namen an den Türen, die meisten mit Kreide aufs Holz geschrieben, kein Hennning Mertens darunter. Im zweiten Stock wurde Käfer fündig. An eine der Türen war ein Stück Papier geheftet: *Henning Mertens. Bitte eintreten ohne zu klopfen.*

Käfer trat ein. Mertens saß lesend an einem kleinen Tisch, dicker als ihn Käfer von Fotos in Erinnerung hatte, die langen, grauen Haare mit einem Gummiband zu einem lächerlichen Schwänzchen gebunden. Er blickte unwillig auf. „Daniel Käfer, mein junger Freund. Wollen Sie hier einziehen, oder müssen Sie?"

„Keins von beiden Herr Mertens."

„Dann scheren Sie sich zum Teufel."

„Ich bin froh darüber, Sie gefunden zu haben."

„Das wird sich rasch ändern. Gefällt es Ihnen hier?"

„Nein, wirklich nicht."

„Aber mir gefällt's. Da ist ein Sessel für Sie. Der äußere Anschein täuscht. Ich genieße den Aufenthalt in diesem ehrenwerten Haus. Einflugschneise des Münchner Flughafens übrigens. Die Flieger schaben förmlich mit den Bäuchen am Dachfirst. Etwas Geld habe ich noch. Und für alle diese gestrauchelten, gestrandeten, kaputten Existenzen hier bin ich eine Ehrfurcht gebietende Lichtgestalt. Das unterhält, macht stolz und froh. Und jetzt kommen ausgerechnet Sie und stoßen mich vom Götterthron."

„Wo sind die andern?"

„Draußen. Tagsüber müssen die Zimmer leer bleiben. Nur godfather himself hat eine Ausnahmebewilligung.

Warum sind Sie hier, Herr Käfer? Hübsche kleine Voyeursgeschichte über den sabbernden Restmenschen Mertens?"

„Im Gegenteil. Ich brauche beruflich Ihre Hilfe."

Jetzt lachte Mertens. Er wieherte geradezu. „Weil Sie arbeitslos sind? Hab ich mitgekriegt. Und wie sollte ich Ihnen helfen? Von mir können Sie erfahren, wie man auf die Schnauze fällt. Nicht wie man aufsteht."

„Was ist denn damals wirklich passiert?"

„Sie meinen die Kokaingeschichte? Da bin ich in die Falle eines lieben Feindes getappt, wie der letzte Idiot. Schnieke Fete, alle breit wie die Hamster, und dann zieht sich der Gastgeber eine Linie und lädt die anderen ein. Ich, der immer alles vom Leben wissen wollte, und zwar ohne fade Kompromisse, mache mit. Am nächsten Tag hat's die Polente gewusst und sogar ein Erinnerungsfoto ist geschossen worden. Gut, Mertens, habe ich gedacht, dann machst du eben Nägel mit Köpfen und bringst deine Demontage selbst zu Ende, und zwar gründlich. Erst war's spannend, dann recht unterhaltsam und am Ende nur mehr schäbig und peinlich. Blöderweise habe ich den Zeitpunkt für einen starken Abgang verpasst. Heute hat's keinen Sinn mehr mit viel Theaterdonner aus dem Leben zu scheiden: Guckt ja kein Schwein."

„Üble Geschichte. Mir geht's besser. Ich bin nicht mehr arbeitslos, Herr Mertens. Der Vertrag ist noch nicht unterschrieben, aber so gut wie. Kappus & Schaukal. Bruno Puntigam hat mich angeworben."

„Der? Ein genialer Dilettant, mein Lieber. Hat noch in jeder Position versagt und hat es sich jedes Mal verbessert damit. Kann Ihnen egal sein. Herzlichen Glückwunsch, wenn Sie das hören wollten, und tschüss."

„Sie kennen mich, Herr Mertens. Ich bin ein passabler Schreiber und Redakteur. Aber mir fehlt Ihre Erfahrung in der Branche, ich habe nicht Ihr Talent zur schnellen, präzisen Analyse, nicht Ihre Durchsetzungskraft."

„Alles Mist. Sie reden von einem Mertens, an den ich mich nicht mehr erinnere."

„Und wer sitzt mir gegenüber?"

„Ein Arsch."

„Hätten nur alle Ärsche dieser Welt Ihre Persönlichkeit."

„Schluss jetzt!"

Mertens hatte geschrien. Dann schwieg er und deutete mit einer Kopfbewegung zur Tür.

Käfer blieb einfach sitzen. „Gut, dann eben nicht. Aber eine andere Geschichte. Ich recherchiere derzeit in Österreich, im Salzkammergut, für ein Buchprojekt. Fasching, Narrentreiben, Anarchie, Suff, sexuelle Zügellosigkeit …"

Plötzlich war da ein Grinsen in Mertens' Gesicht. „Bleiben Sie doch einfach hier, wenn Sie es lustig haben wollen. Unser Hausverwalter wird morgen eine Karnevalsrede halten, sehr launig! Und Sie könnten heute zum Abendessen bleiben. Samstag gibt es gewöhnlich Leber nach Art des Hauses: Klein und hart."

Auch Käfer grinste. „Und wie wär's damit, Herr Mertens: Wir beide machen uns einfach aus dem Staub, ein paar verrückte Tage mit allem, was so dazugehört – auf meine Rechnung, versteht sich. Dann können Sie ja noch immer hierher zurück und haben jede Menge zu erzählen."

Mertens schwieg, schwieg lange, und dann hörte Käfer jenes sardonische Gelächter, an das er sich schmerzlich intensiv erinnerte. „Wir fahren."

„Ist dieser Straßenkreuzer hier Ihr Auto?"

„Vorübergehend, Herr Mertens. Ich habe meine Ente zu Schrott gefahren."

„Sehr begabt. Und jetzt haben Sie ja eine Menge mehr Blech zum Zerknittern."

Mertens zog einen Flachmann aus der Tasche, trank und wischte mit der Hand über die Öffnung. „Sie auch, junger Freund?"

„Nein, danke."

„Das habe ich gehofft."

Als die beiden dann unterwegs waren, trank Mertens schweigend und ohne Hast die kleine Flasche leer, rülpste und schlief ein. Käfer seufzte. Bruno Puntigams Rat war wohl ziemlich vernünftig gewesen. Aber eben von einer Sorte Vernunft, der er nicht recht traute. Dieser leise schnarchende Sack neben ihm war nach wie vor nicht zu unterschätzen, jedenfalls redete Käfer sich das ein.

Es war dunkel, als sie in Sarstein ankamen. Käfer weckte seinen Mitfahrer auf.

„Ja, verdammt noch einmal, wer wagt es …, ach, Sie sind es …, wo bin ich?

„Am Ziel, Herr Mertens."

„War ich schon lange nicht mehr. Wo wohnen wir? Grand Hotel?"

„Bauernhaus. Sie bekommen das Zimmer mit dem Dachstein vor dem Fenster."

„Dachstein? Bekannt von Film, Funk und Fernsehen? Sehr gut. Aber nehmen Sie zur Kenntnis, junger Freund: Berge von unten, Kirchen von außen, Kneipen von innen."

„Geht in Ordnung. Kommen Sie, es ist Licht in Frau Schlömmers Küche."

Mertens stieg unbeholfen aus dem Auto, rutschte sofort aus und landete im Schnee. Mit heftigen Bewegungen arbeitete er sich heraus. „Wollen Sie mich umbringen? Ich bin kein Husky."

„So ist das eben im Winter. Kommen Sie weiter."

„Grüß dich, Daniel." Frau Schlömmer betrachtete Käfers Begleiter neugierig. „Du hast ihn also gleich mitgebracht!"

Mertens deutete eine galante Verbeugung an. „Hat er tatsächlich. Ich weiß zwar nicht warum, aber es ist so. Gibt's was zu trinken?"

„Apfelschnaps, Birnenschnaps, Wein, Bier."

„Ja, bitte."

„Hunger, die Herren?"

Beide nickten.

„Gekocht wird nicht, wenn Fasching ist. Also Käse, Wurst und Brot ..."

Die Bäuerin ging zum Kühlschrank. Henning Mertens betrachtete sie eingehend. „Sehr beachtlich."

„Was?"

„Ihr Hintern, Frau Schlömmer. Wäre ich Filmproduzent, würde ich Sie unverzüglich unter fadenscheinigen Vorwänden auf die Besetzungscouch zerren."

Sie lachte. „Und was weiter?"

„Ich käme in beträchtliche Verlegenheit."

Käfer aß und trank, Mertens fraß und soff. Die Bäuerin schaute ihm staunend dabei zu. „Endlich einer, dem's schmeckt. Bleiben Sie länger?"

„Das hängt von der Nervenstärke meines jungen Freundes ab. Gibt es einen Herrn Schlömmer?"

„Ja, schon."

„Doch heute ist er wieder einmal verhindert."

„Schaut so aus."

„Tja. Er möge wandeln in Frieden. Und wir wollen diesem Abend Sinn und Tiefe verleihen. Voltaire sagte einmal, ich hoffe, ich zitiere richtig: *Gebt mir drei Minuten Zeit, um mein Gesicht weg zu reden, und ich verführe die Königin von Saba.* Ich beanspruche zusätzlich sieben Minuten für meinen tonnenförmigen Leib, zwölf Minuten für mein Alter und vierundzwanzig Minuten für meine gesellschaftliche Bedeutungslosigkeit. Werden Sie so viel Geduld aufbringen, wonniges Weib?"

„Ich schau sowieso selten auf die Uhr."

Viele Minuten und viele Gläser später hob Käfer mit matter Gebärde die Hand. „Ich möchte kein Spielverderber sein, aber ich bin sehr müde von der Reise, es waren ja doch ein paar hundert Kilometer. Spricht was dagegen, wenn ich schlafen gehe?"

Mertens grinste unverschämt. „Es spricht einiges dafür, möchte ich sagen."

Maria Schlömmer schob ein gelbes Kuvert über den Tisch. „Die Faschingsbriefe vom Samstag zum Nachlesen, Daniel."

„Oh, danke, sehr aufmerksam, Maria! Was ich noch sagen wollte, Herr Mertens, … ich habe Ihnen doch von Kappus & Schaukal erzählt. In den letzten Tagen ist ein erster Text als Denkanregung für Bruno Puntigam entstanden. Würde mich freuen, wenn Sie's kurz einmal anschauen. Ich gebe mein Notebook in Ihr Zimmer. Können Sie damit umgehen?"

Mertens schaute Käfer mit wässrigen Augen an. „Die Fragestellung ist falsch, lieber junger Freund. Es geht nicht ums Können. Es geht ums Wollen."

„Und werden Sie wollen?"

„Vielleicht irgendwann, vielleicht aber auch nie. Und für den Rest des Abends ziehe ich es vor, in den Augen meiner geschätzten Gastgeberin zu lesen."

9

Käfer öffnete möglichst leise die Zimmertür und tastete im Dunkeln nach dem Bett. Er hatte erwartet, Sabine schlafend vorzufinden, doch sie war nicht da. Gut, er brauchte sich keine Sorgen zu machen. Sie arbeitete fast immer allein und wusste sich zu helfen.

Einmal wurde er wach, als Maria Schlömmer hörbar heiterer Laune versuchte, den freudig grölenden Henning Mertens ins Bett zu bringen, und ein zweites Mal, als Sabine gegen Mitternacht in der Tür stand. „Hallo Daniel. Hast du Erfolg gehabt?"

„Was weiß ich. Mertens schläft sich jedenfalls nebenan seinen Rausch aus. Und du?"

„Viel Arbeit, dürftige Ergebnisse."

„Wird besser werden."

„Hoffentlich."

Sabine schlief noch, als Käfer schon in den Faschingsbriefen las. Er hatte am vergangenen Abend nur mäßig getrunken, trotzdem nahm er den neuen Tag mit einer gewissen Unverbindlichkeit wahr. Er fühlte sich wohl in dieser zögernden Morgendämmerung, Niemandszeit, dem Diktat des Alltags entzogen. Auch das ungehörige Maß an Bosheit, Schadenfreude und Spott in den Faschingsbriefen hatte für ihn mehr mit der Lust am Wortgefecht zu tun als mit dem Wunsch, wirklich zu treffen oder gar zu verletzen. Und dieser Faschingssonntag ..., ein heiliger Tag vielleicht, aber bestimmt kein frommer, feierlich ja, aber ganz und gar nicht andachtsvoll.

Käfer unterbrach seine Lektüre und schaute in die weiße Landschaft vor dem Fenster. Wie ein unbeschriebenes Blatt Papier lag sie vor ihm. Mertens ... eine Katastrophe, ein banaler Fehlgriff, letztlich doch der ideale Partner? Kappus & Schaukal … stürmische See, Schiffbruch, sicherer Hafen? Und wie es wohl mit ihm privat weiterging, mit neuen Freunden und der nicht mehr ganz so neuen Freundin? Alles war möglich, und das beunruhigte Daniel Käfer keineswegs, im Gegenteil, es ließ ihn freier atmen.

Er las weiter, schmunzelte, unterdrückte ein Lachen, um Sabine nicht aufzuwecken, doch dann stieß er zu seiner Überraschung auf höchst befremdliche Zeilen und Unbehagen stieg in ihm hoch.

„Guten Morgen, Maria!" Daniel Käfer hatte mit Sabine Kremser in der Küche auf die junge Bäuerin gewartet. Sie kam etwas später als gewöhnlich.

„Schrei bitte nicht so, Daniel." Sie griff an ihre Stirn.

„War es denn so schlimm, gestern Abend?"

„Schlimm?" Sie nahm vorsichtig Platz. „Eine Gaudi war's wie seit Jahren nicht mehr. Der Henning ist ein Mannsbild, wie's im Büchl steht. Der haut dich um, da kannst nichts machen."

„Ah ja? Und per du seid ihr auch schon?"

„So gut wie verlobt. Und jetzt mach ich halt Frühstück, wie ich's zusammenbring in meinem Zustand."

„Bleib noch sitzen, Maria. Ich muss dich was lesen lassen. Hier, die zwei Strophen."

Frau Schlömmer seufzte unwillig, nahm aber dann das Blatt und las halblaut vor.

„Der Köberl Sepp und d' Christine
sein ganz brave Leit
und gar die Sieglinde
hat's zur Heiligen nit weit.

Aber d'Muatta und d'Tochta
ham in Ebensee was z'toan
dafür ist der Votta
in Ischl nit aloan."

Sie blickte auf. „Wenn's da steht, wird's auch stimmen."
„Ja, aber was steckt dahinter?"
„Die, die's angeht, werden's wissen."
„Keine Gerüchte im Ort?"
„Da hör ich nicht hin. Also, beim ersten Gstanzl kenn ich mich aus. Die Sieglinde singt im Kirchenchor, nicht einmal falsch, ihre Mutter hilft beim Roten Kreuz und der Sepp ist bei der Bergrettung. Als Lehrer wird er geliebt und geachtet, sogar Schuldirektor soll er werden."
„Und weiter?"
„Na, was schon? Lässt du dir gern von der Sabine bei allem zuschauen, was du machst, und umgekehrt? Hauptsache, jeder Köberl hat's lustig, der eine in Ischl, die andern zwei in Ebensee. Und was geht's dich an?"
„Nichts. Aber ich mache mir Sorgen. Es hat da immer wieder Sticheleien gegeben zum Thema Ebensee, als ich zu Besuch war. Und noch was: Alle zwei haben Angst vor dem Aschermittwoch, wollen aber nicht darüber reden."
„Wird's was Peinliches sein."
„Zum Beispiel?"
„Ein Laborbefund aus dem Krankenhaus: Säuferleber."
„Frauen sind fantasielos."
„Darum haben s' ja meistens recht, was, Sabine?"
„Du sagst es, Maria. Aber was nicht rätselhaft ist, interessiert das Kind im Manne nicht."
Käfer seufzte. „Stimmt natürlich. Doch nicht nur darum möchte ich wissen, was da wirklich los ist. Ebensee, Ischl, der bedrohliche Aschermittwoch … das hängt doch

alles irgendwie zusammen. Wie ich drauf und dran war, in die eiskalte Traun zu stürzen, hat das der Sepp mit einem kräftigen Griff ruhig und besonnen verhindert. Und dann hat er mich mit einem einzigen Satz ins Leben zurückgeholt: *jetzt steigst aus*. So etwas möchte ich jetzt für ihn tun. Der steckt doch, verdammt noch einmal, in einem Schlamassel, aus dem er mit eigener Kraft nicht heraus kommt! Noch was, so nebenbei: Gibt es eigentlich eine gewaltbereite Szene in Aussee? Du weißt ja, Glatzkopf, Tätowierungen, Springerstiefel."

„Eigentlich nicht. Die richtig wilden Lackeln haben's eher drüben in Ebensee. Warum fragst?"

„Weil mich so einer in den Schnee geschmissen hat, vor dem Haus vom Köberl."

„Da schau her! Ein heimlicher Verehrer von der Sieglinde vielleicht."

„Alles, nur das nicht! Hast du übrigens gewusst, Maria, dass die Christine Köberl einen Herzmanovsky-Orlando hat, was red ich, mehr als einen?"

„Was ist das? Eine Krankheit?"

„Ein Dichter, der auch gezeichnet hat."

Maria Schlömmer schlug mit der flachen Hand gegen die Stirn und zuckte schmerzlich zusammen. „Verfluchte Sauferei! Aber jetzt fällt's mir ein. Vor Jahren hat's einmal geheißen, dass ein Erbe von diesem Herzdingsbums Kunstwerke von der Frau Köberl zurück haben wollte. Ist aber nichts daraus geworden, glaub ich. Vielleicht ist da was mit Ebensee und Ischl?" Sie stand auf und ging zum Herd. „Wie schaut er aus, euer Faschingssonntag, Daniel?"

„Die Sabine und ich fahren gemeinsam in die Stadt, machen uns einen netten Vormittag und ziehen später dann getrennt los. Wir würden einander nur im Weg sein. Bilder erzählen anders als Wörter."

„Davon versteh ich nichts. Was soll ich dem Henning sagen, wenn er doch einmal munter wird?"

„Schönen Gruß von mir. Den Rest wird er sich denken, hoffentlich."

„Blöd ist der nicht!"

„Nein, Maria. Aber vielleicht wird's mir irgendwann zu blöd mit ihm. Was ist eigentlich mit dem Hubert? War er wieder einmal da?"

„Kurz, irgendwann in der Nacht, glaub ich. Oder ich hab's geträumt. Montag ist er übrigens dran, als Trommelweib."

„Soll ich dir den Ausseer Faschingsmarsch vorpfeifen, Daniel? Seit gestern bringe ich den nicht mehr aus dem Kopf."

Käfer steuerte sein großes Auto vorsichtig talwärts. „Ja, bitte. Ich wusste gar nicht, dass du Kunstpfeiferin bist, Sabine."

„Ich fürchte fast, das kann ich besser als fotografieren. Die bisherigen Ergebnisse sind mehr als mager und ich erkenne nicht recht, woran es liegt. Ich finde einfach nicht den richtigen Zugang. Zu norddeutsch, weißt du! Aber jetzt höre." Sabine spitzte die Lippen und pfiff. „Über weite Strecken kannst du übrigens – lass es mich Hochdeutsch sagen – *noch ein Doppelliter Bier, noch ein Doppelliter Bier* dazu singen. Prägt sich auch ganz schön ein."

„Und hat was Zielstrebiges. Was sagst du übrigens zu einer kleinen Rundfahrt, Sabine? Wir beginnen mit Altaussee, da können wir Kaffee trinken oder was auch immer, dann über das Hochplateau von Obertressen durch den Wald nach Grundlsee und an Köberls Haus vorbei zurück nach Aussee."

„Und vorbei an deiner Unfallstelle, Daniel."

„Ja. War mir nicht so richtig bewusst. Aber vielleicht ist

es wirklich so, dass ich einen Bann brechen will." Käfer begann die Melodie des Faschingsmarsches zu summen.

„Ja, so muss es passiert sein, Sabine. Die gerade Strecke verleitet zum Schnellfahren und ich war nicht ganz bei der Sache. Verdammt, spinnt der Kerl?" Käfer bremste, so gut es ging, und konnte gerade noch einem Auto ausweichen, das mit durchdrehenden Rädern und schleuderndem Heck aus einer Parknische gesteuert wurde. „Das war knapp. Ich bleib einmal stehen, wenn schon Platz ist." Er parkte ein und schaute zu Köberls Haus hinüber. „Meinst du, dass es zu früh für einen Besuch ist, Sabine? Mir gibt dieser Faschingsbrief einfach keine Ruhe."

„Wir werden ja sehen."

Christine Köberl stand vor ihrem Haus und schaute zur Straße hin. Dann hörte sie die Schritte ihrer Besucher und zuckte erschrocken zusammen. „Sie?"

Käfer hob die Hände zu einer ratlosen Geste, als er in ein blasses Gesicht mit verweinten Augen blickte. „Wir stören, nicht wahr? Haben Sie das Auto gesehen vorhin? Da war wohl ein kompletter Narr am Steuer."

„Der Sepp."

„Entschuldigen Sie …"

„Wegen mir war er so wild."

Sabine Kremser schaute kurz ihren Freund an und wandte sich dann Frau Köberl zu. „Haben Sie ihm womöglich helfen wollen?"

„Also das ist jetzt …, wie kommen Sie darauf in aller Welt?"

„Männer."

„Ist Ihrer auch so?" Christine Köberl brachte doch tatsächlich ein Lächeln zuwege. „Gehn wir hinein?"

„Wir streiten wenig." Sie zerriss nervös eine Papierserviette in kleine Fetzen. „Aber wenn wir streiten, dann kracht's ordentlich."

Käfer grinste verlegen. „Wir zwei haben da mehr Übung, was, Sabine? Ist es übrigens um diesen Faschingsbrief gegangen? Schöne Gemeinheit das!" Käfer holte das Papier aus der Tasche und schob es über den Tisch.

Diesmal lächelte Christine Köberl nicht, sie grinste. Sie nahm das Blatt und faltete es sorgfältig zu einem Papierflieger, den sie durchs Zimmer segeln ließ. „Sie werden sicher den Lehrer-Faschingsbrief von meinem Mann hören wollen, Herr Käfer. Dann sollten Sie wenigstens zwei Stunden vorher da sein. Sonst kriegen Sie keinen Platz mehr."

Gegen Mittag zu wurden die Bilder allmählich bunter. Maschkera und Musikanten erklärten ohne viel Aufhebens die Narretei zum Alltag. Nach und nach füllten sich die Wirtshäuser. Sabine Kremser holte unwillig ihre Fototasche aus dem Kofferraum. „Was ich so gehört habe, wird's am Nachmittag bereits ziemlich turbulent zugehen. Den Abend und die Nacht will ich mir erst gar nicht vorstellen. Unprofessionell, ich weiß. Aber mir sind Jux und Tollerei nun einmal lieber, wenn sie hübsch herausgeputzt in Reih und Glied einhermarschieren. Diese lustvoll ausgelebte Anarchie …, also, ich weiß nicht. Daniel, glaubst du, dass wir irgendwo noch eine stille Ecke und eine Kleinigkeit zu essen finden, bevor es losgeht?"

„Versuchen wir's in der Kurhauskonditorei, Sabine. Faschingsbriefe gibt es dort keine, und die wahre Invasion der Maschkera steht wohl erst bevor. Darf ich die Fototasche tragen?"

„Bitte nein. Ohne sie würde mir was fehlen, und es sind ja nur ein paar Schritte." Energisch ging Sabine voraus und öffnete wenig später die Glastür. „Tatsächlich, Daniel, eine Oase der Ruhe!"

„Die Ruhe vor dem Sturm. Wir wollen sie nützen." Käfer senkte die Stimme. „Da hinten sitzt übrigens mein verehrter Freund Henning Mertens. Lass uns erst essen. Dann können wir uns immer noch stellen."

Sabine legte ihr Besteck auf den Tisch und schaute zu Mertens hinüber. „Gut geht's dem aber nicht, Daniel."

„Alles andere würde mich wundern nach dem gestrigen Abend. Komm, wir gehen hin."

„Sabine, darf ich dir Henning Mertens vorstellen? Einer der brillantesten Köpfe der Medienszene."

Mertens, der in sich zusammengesunken dagesessen war, sagte nichts, aber er hob den Kopf und schaute mit dem Blick eines geprügelten Hundes nach oben.

„Dürfen wir uns zu Ihnen setzen?"

Mertens nickte. Er musterte Sabine, wollte etwas sagen, ließ es bleiben, hustete erbärmlich, hob mit zitternder Hand ein Glas zum Mund und trank. Ein Rinnsal Bier suchte sich den Weg über das unrasierte Kinn und tropfte aufs Hemd. Noch immer schwieg er.

„Nettes Lokal, nicht wahr?"

„Scheißegal. Hauptsache, ich kann hier ungestört krepieren."

„Aber! Ihr kapitaler Kater ist immerhin Kronzeuge eines höchst vergnüglichen Abends – wenn ich Maria Schlömmer Glauben schenken darf."

„So. Die wird sich noch wundern. Die paar Kracher und bengalischen Lichter von gestern waren der letzte Rest. Da kommt nichts mehr nach. Gar nichts. Ich werde in Marias Küche nur noch rumhängen wie ein Schluck Wasser in der Kurve."

„Und vielleicht irgendwann ja doch mein Konzept lesen?"

Wieder dieser bettelnde, gequälte Blick von unten. Dann senkte Mertens den Kopf und schwieg.

10

„Nein, dieser Zufall! Auch hierher geflüchtet, Herr Käfer? Mein tief empfundenes Kompliment, Frau Kremser, meine Verehrung, Herr …?"

Mertens blickte unwillig auf und fand es nicht nötig etwas zu sagen.

„Eustach Schiller, wenn es gestattet ist, mich vorzustellen, zartfühlender Immobilienhai und sentimentaler Raffzahn."

Jetzt räusperte sich Mertens. „Der elende Narr, der Neuschwanstein kaufen wollte."

„Sie schmeicheln! Es kann einem nicht alles gelingen. Ich möchte sogar argwöhnen, dass geniale Verlierer am Ende des Spieles das bessere Blatt haben." Schiller nahm Platz und betrachtete Mertens nachdenklich. „Und wenn Sie jener sind, der Sie sein könnten, wird Ihnen kaum etwas anderes übrig bleiben, als dieser Philosophie anzuhängen."

Mertens grunzte.

„Nicht gut drauf, wie? Ich kann Sie verstehen. Diese brachiale Lustigkeit ringsum kann einen durchaus in den Trübsinn treiben. Ich bin so fremd hier wie Sie, Herr Mertens, ausgesetzt, preisgegeben, einsam. Aber ich nehme es nicht kampflos hin. Fräulein, Champagner bitte, und vier Gläser!"

Nachdem die Flasche geleert war, bestellte Schiller aufs Neue. Mertens ließ nun den Kopf nicht mehr hängen, dann und wann zuckten seine Mundwinkel. Schiller war in schier betäubender Weise humorig. Käfer warf Sabine einen fragenden Blick zu, sie nickte. „Lieben Dank für die Gastfreundschaft, meine Herren, aber jetzt muss ich an die Arbeit. Daniel …, du wolltest mich doch diesem Mann von der Alpenpost vorstellen?"

„Ja, wollte ich. Nun denn, ihr zwei Brüder, bis später!"

Eilig gingen sie nach draußen. Sabine Kremser warf einen nachdenklichen Blick zurück. „Wenn das nur gut geht, Daniel! Ausgerechnet die beiden und gefüllte Gläser."

„Ich bin kein Kindermädchen. Danke übrigens für die Fluchthilfe!"

„Gern geschehen. Ich zieh jetzt los. Vielleicht sehen wir einander ja irgendwann wieder im Getümmel."

Daniel Käfer küsste Sabine Kremser. „Ich hatte fast vergessen, wie dein Mund mit Champagner schmeckt. Bis bald, Liebes!"

Er ließ sich dann einfach treiben. Es war noch nie seine Art gewesen, nach Plan oder gar verbissen zu recherchieren. Viel lieber spürte er einem Thema mit allen Sinnen nach, bis sich Nähe und Vertrautheit einstellten. Dann erst machte er sich seine Gedanken darüber. Ja, und Mertens … Natürlich war zu wünschen, dass er bald einmal vernünftig mit ihm reden oder sogar arbeiten konnte. Aber diesen sturen Bock zu drängen wäre wohl das Verkehrteste.

Bis Sepp Köberl mit seinem Faschingsbrief ins Gasthaus Traube kam, blieb noch eine Menge Zeit.

Käfer schlenderte durch die belebte Ischler Straße und schrak zusammen, als dicht neben ihm eine Art Nebelhorn die Winterluft erbeben ließ. Ein riesiger schwarzer

Geländewagen hielt an und Bruno Puntigam schaute durchs geöffnete Seitenfenster. „Herein mit dir, Daniel, du kannst mir beim Parkplatzsuchen helfen."

Käfer kam sich auf dem ausladenden Beifahrersitz ein wenig verloren vor. „Das nenn ich eine Überraschung. Was führt dich nach Aussee, Bruno?"

„Die Sehnsucht nach dir, Bub. Ich hatte in Salzburg zu tun und ein paar freie Stunden sind übrig geblieben. Wem könnte ich meine kostbare Zeit freudiger zu Füßen legen als meinem beruflichen Mitstreiter und Widerpart?"

„Danke. Hast du inzwischen Zeit gefunden, dich mit dem Konzept näher auseinander zu setzen?"

„Auseinander zu setzen! Welch garstig Wort. Aufgesogen habe ich es, verinnerlicht und vergeistigt."

„Mit welchem Ergebnis?"

„Ich werde dich stets lieben, achten und nie mit scharfen Scheuermitteln behandeln."

„Konkret, Bruno, konkret!"

„Später, mein wundersamer Wortewähler. Wohin soll ich mich wenden in dieser von Narren bevölkerten Schneewüste?"

„Da, nach rechts, zum Traunufer hin. Der Parkplatz ist groß, da haben wir Chancen. Au, verdammt …, es dürfte doch nichts frei sein."

„Oh doch, mein lieber Daniel. Steigst du bitte aus? Dann habe ich weniger Hemmungen, diese Ausseer Miniatur-Variante der Eiger Nordwand zu befahren."

Puntigam ließ sein schwarzes Ungetüm eine Schneehalde hinaufklettern, die bei Räumarbeiten entstanden war. Er stieg aus. „Und jetzt: Steilhang, Schikane, Mausefalle, Zielhang!" Er rutschte talwärts. „Bestzeit, Daniel. Habe ich schon erwähnt, dass ich der Größte bin?"

„Das tust du ununterbrochen, Bruno."

„So? Dann übertreibe ich wohl. Sag's mir einfach, wenn ich nerve, ja?"

„Nerven ist eins der scheußlichsten Plastikwörter in unserem geistig verarmten Fernsehvorabend-Deutsch, Bruno, bedeutet nichts oder alles und erspart es dem Anwender darüber nachzudenken, was er sagen will."

„Famos!" Puntigam gab Käfer mit der Faust einen Stoß in den Rücken. „Wir streiten! Das befruchtet! Das baut auf, das bringt uns weiter!"

„Mag sein. Aber ich würde doch ganz gerne einmal zur Sache kommen, ganz ohne Schnörkel und Girlanden."

„Das wird früher als du ahnst geschehen, Daniel, und anders als du meinst. Wenn ein Bruno Puntigam Regie führt, hagelt es Pointen. Jetzt lass uns aber einmal Narren unter Narren sein. Himmel! Was für ein Beispiel hundsordinär suggestiver Musik penetriert da mein Ohr?"

„Der Faschingsmarsch, Bruno."

„Waffenscheinpflichtig!"

„Und weil du von Penetration gesprochen hast …, da fällt mir was ein: Ein hiesiger Lehrer hat ein Herzmanovsky-Original am Klo hängen – Befruchtung durch das Ohr."

„Der Mann hat offenbar Geld und Stil, wie schön, wenn eins zum anderen kommt! Aber schau dir das einmal an …" Puntigam betrachtete eine Gruppe halb nackter Mammutjäger, die versuchte, mit einem gewaltigen Knochen zwei sichtlich amüsierte Polizisten einzuschüchtern. „Das nenne ich Widerstand gegen die Staatsgewalt! War's gestern auch schon so lustig?"

„Vermutlich. Ich war den ganzen Tag unterwegs."

Puntigam blieb ruckartig stehen, sein Gesicht war ernst geworden. „Willst du damit sagen …?"

„Ja, einmal Erding und zurück."

„Mit welchem Ergebnis?"

„Mertens hat mich hierher begleitet."

„Dir ist also nicht zu helfen, na gut. Wo residiert dein Medien-Tycoon?"

„Im Stoffen. Dachsteinzimmer."

„Ich sehe es irgendwie beschmutzt. Und wo hält er derzeit Hof?"

„Zuletzt habe ich ihn im Lewandofsky gesehen, gemeinsam mit Eustach Schiller."

„Da haben sich die richtigen zwei gefunden. Ein leerer Sack und ein aufgeblasener Immobilien-Heini. Zwischen den beiden natürlich die legendäre Eustach'sche Röhre."

„Was ist denn das?"

„Der Fachbegriff für jene Flasche Champagner, mit deren Hilfe Schiller Bündnisse schließt. Er gewinnt, doch sein lieber Freund und Partner geht vor die Hunde. Na, das kann Mertens wenigstens nicht passieren. Tiefer als tief geht nicht. Was interessiert dich wirklich an diesem Haufen Sondermüll in Menschengestalt? Darf ich Balthasar Gracian zitieren, den auch von dir hoch Geschätzten, wenn ich mich recht erinnere? *Sich nicht an Ertrinkende klammern!* Aber genau das tust du, Daniel!"

„Schwimmen verlernt man nicht. Und Mertens war Weltklasseschwimmer."

„Weil er gedopt war. Weiß man doch."

„Eine Intrige."

„Freilich. Und der Mond ist aus grünem Käse. Du bist naiv, Daniel, ich muss es leider sagen." Puntigam unterbrach, weil sich ihm eine Gruppe auffallend stämmiger Krankenschwestern mit bedrohlich erhobenen Klistieren näherte. „Nichts wie weg von der Straße, Daniel! Hier ist der kollektive Irrsinn ausgebrochen. Kennst du eine ruhige Ecke, wo's was zu trinken gibt?"

„Vielleicht die Bar im *Erzherzog Johann*. Aber eine so richtig Maschkera-freie Zone ist das auch nicht, wie ich fürchte."

„Probieren wir's."

Puntigam hob sein Weinglas gegen das Licht. „Schau dir diese Farbe an, Daniel. Ein Gold, wie es die Götter lieben, die heiligen Halunken und die wonnigen Sünder. Es geht doch nichts über einen leichten Weißwein nach einem schweren Schock. Nichts für ungut, Daniel, ich wollte dich nicht kränken, und natürlich wünsche ich Henning Mertens, dass er wieder auf die Beine kommt. Er hat mir einmal sehr geholfen, weißt du? Aber wenn ein solcher Koloss stürzt, zerbricht er. Doch wer weiß? Vielleicht gibt es ja wirklich eine Auferstehung – am dritten Tage oder so? Es wäre zwar ein blasphemisches Wunder, wir wollen aber trotzdem darauf anstoßen."

„Ein bisschen früh am Tag wie?"

„Mein Motto war es immer, Frauen und Feste so zu feiern, wie sie fallen. Und sobald uns der Dämon Alkohol süße Torheiten ins Ohr flüstert, mischen wir uns wieder unter die Narren. So fallen wir wenigstens nicht ungebührlich auf."

„Das ist ein Wort, Bruno. Dann also prost!"

Trotz seiner nunmehr wieder heiteren Miene wirkte Puntigam unruhig. Er hatte kaum das Glas halb gelehrt, als er aufstand.

„Ein kleiner Spaziergang noch, Daniel, dann ruft der Ernst des Lebens. Du hast es gut, für dich ist Narretei ja eine berufliche Pflichtübung."

„Bis Aschermittwoch. Und dann, Bruno, machen wir Nägel mit Köpfen."

„Gewiss doch."

„Versprochen?"

„Hand aufs Herz, Blutsbruder! Und lass mich vorerst in Ruhe meine Kreise ziehen. Nur ich bin dein Ansprechpartner bei Kappus & Schaukal, claro? Jeder Anfang ist sensibel, und ich weiß besser, wie ich wen zu nehmen habe."

„Wie du meinst, sind ja nur noch ein paar Tage. Bis Mittwoch also. Wenn du einverstanden bist, gehn wir ein Stück die Traun entlang Richtung Grundlsee."

„Das tun wir." Bruno blickte um sich. „Die Narrenpopulation hat abgenommen, kaum zu glauben."

„Ja, eigenartig."

Als die beiden das Ortsende erreicht hatten, sahen sie, wo die Maschkera nun zu finden waren. Am linken Traunufer waren sie dicht gedrängt am Fuß eines sehr steilen Abhanges versammelt. Käfer und Puntigam gesellten sich dazu. Neben ihnen stand eine der Krankenschwestern von vorhin. Sie deutete mit der Klistierspritze nach oben. Dort war etwas Dunkles im Schnee zu erkennen. „Todesrennrodler", erklärte die Krankenschwester vergnügt, „hier war früher die Ausseer Sprungschanze."

Alle schauten gebannt nach oben. Dann setzte sich der schwarze Fleck in Bewegung, wurde schneller und raste endlich in beängstigender Geschwindigkeit talwärts. Zwei rundliche Gestalten mit Fliegerbrillen vor den Augen vollführten wilde Armbewegungen und stießen Juchzer aus. Dann kamen sie an eine Stelle, wo sich ein Weg in den Hang schnitt. Der Schlitten hob ab und gewann an Höhe. Statt sich zurückzulehnen, versuchten die zwei Männer ihre Körper wie Schiflieger in Vorlage zu bringen, die Rodel kippte nach unten, bohrte sich in den Schnee, und auch die zwei Männer prallten verteufelt hart auf die von Schifahrern verfestigte Piste.

„Ja, sind die lebensmüde?" Erschrocken drängte sich Käfer durch die Menge und rannte auf die regungslosen Körper zu. Er hatte es gleich geahnt und befürchtet: Henning Mertens und Eustach Schiller ...

Nach einigen Sekunden bewegte sich Schiller fast unmerklich, dann kehrte auch Mertens ins Leben zurück und warf einen belustigten Blick in die Runde. „Hat mich ein Eisberg gefickt, oder was?" Schiller stand schwerfällig auf, versuchte sich an einer gezierten Verbeugung, sank aber mit einem Schmerzenslaut zu Boden. Inzwischen war auch Bruno Puntigam herangetreten. „Also ich würde diesen Stunt ein wenig hintergründiger anlegen, Herr Mertens."

„Ja, Sie."

„Immer noch der alte Brummbär! Wie geht es denn so beruflich derzeit?"

„Beschissen. Das ist Ihnen bekannt, Herr Puntigam, und Sie fragen nur, weil Sie die Antwort immer wieder gerne hören."

„Ein haltlose Unterstellung, lieber Sportsfreund! Daniel Käfer hält doch große Stücke auf Sie."

„Ein Fehler. Und was haben Sie vor mit ihm?"

„Er soll mir helfen, mich ergänzen, herausfordern, mich eines Tages in den Schatten stellen ..."

„Ah ja." Mertens war aufgestanden und half Eustach Schiller auf die Beine. Dann schaute er sinnend auf Puntigam hinunter, den er um gut einen Kopf überragte. „Als ich Sie damals bei Filsmeyr & Co aus der Schusslinie geholt habe, sind anschließend mir die Kugeln um die Ohren gepfiffen. Und einige davon haben getroffen, in den Rücken, übrigens."

„Aber doch nicht meine Schuld!"

„Nein?"

„Ich wüsste es zu schätzen, mein gestrauchelter Weggefährte, wenn Sie Ihre Schübe von Realitätsverlust nicht ausgerechnet mir gegenüber auslebten." Puntigam setzte eine wirkungsvolle Pause, dann lächelte er und nahm Mertens an den Oberarmen. „Jeden anderen hätte ich hier und jetzt geschlachtet, viergeteilt, ausgebeint, geschnetzelt, faschiert und pulverisiert. Aber nicht einen Mann wie Henning Mertens! Wahre Größe ist nicht klein zu kriegen, echtes Gewicht ist nicht zu verlieren, tief gekerbtes Profil kann keiner verwischen. Sie sind noch immer der Größte, auch wenn Sie Ihr Bestes tun, uns vom Gegenteil zu überzeugen. Meine Verehrung demnach, und jetzt muss ich weg. Bis bald, Daniel!"

Henning Mertens schaute dem Enteilenden nach. Dann bückte er sich, formte einen Schneeball, warf und traf zielsicher Puntigams Hinterkopf.

11

„Es ist Ihnen schon klar, dass Sie mir mit Ihren Bemerkungen vorhin nicht eben geholfen haben?" Käfer hatte die beiden Rodelspringer mit ins Gasthaus Traube genommen, weil er sie nicht unbeobachtet lassen wollte. Außerdem konnte er sich dort auch gleich einen Platz für Sepp Köberls Faschingsbrief sichern.

Mertens gab lange keine Antwort. Seine Augen waren geschlossen, die rechte Hand strich fahrig über Stirn und Schläfen. „Eine alte Wunde ist aufgebrochen. Das ist eine Erklärung, Herr Käfer, und kann natürlich nicht als Entschuldigung gelten. Der mir unterstellte Realitätsverlust trifft übrigens nicht zu. Im Gegenteil: Ich sehe schmerzlich klar. Aber der Kontrollverlust ist gegeben. Derzeit fällt das nicht so auf, Herr Käfer, aber mein persönliches Narrentreiben findet ganzjährig statt – und zwar ohne Rücksicht auf andere, wie Sie soeben zu spüren bekommen haben." Mertens zuckte zusammen und öffnete unwillig die Augen. „Jemand foltert eine Katze, schrecklich."

Eine Gruppe ursprünglich männlicher Hula-Tänzerinnen drang in die Wirtsstube ein und weidete sich mit böser Lust an den Klängen der 60er Jahre. Mertens bekam einen Kranz aus Plastikblüten um den Hals gehängt.

Jetzt brach Eustach Schiller sein Schweigen. „Bei unserem blamablen Höhenflug und der durchaus eindrucksvollen Entgleisung meines Freundes Henning war auch meine Hand im Spiel. Ich kann mitreißend destruktiver Laune sein und unwiderstehlich depressiv. Mit anderen Worten: Manchmal ist es so richtig schön zum Verzweifeln mit mir. So war das auch vorhin, im *Lewandofsky*, beim Champagner. Wir haben uns angefreundet und hübsche Gemeinsamkeiten entdeckt: wir sind zwar nutzlos, aber recht originell, meinetwegen auch lächerlich. Was folgert betrunkene Logik daraus? Man treibe die Posse auf die Spitze und nehme leichthin ein schmerzhaftes oder sogar letales Ende in Kauf. Daher unsere Schlittenfahrt. Und jetzt stellen Sie sich das einmal vor, Herr Käfer: Bruchlandung an den Gestaden des Hades und dort lustwandelt unerträglich diesseitig und provokant Herr Puntigam."

Käfer betrachtete misslaunig die Hula-Tänzerinnen. „Dieselbe Geschichte mit anderen Worten. So geht das nicht weiter."

Mertens hob den Kopf. „Sie hörten das Wort zum Sonntag." Seine Stimme klang erstaunlich frisch. „Es gibt viel zu tun, packen wir's an." Er reichte Käfer seinen Blütenkranz. „Hier. Halten Sie mal."

„Was haben Sie vor?"

„Pinkeln."

Käfer schüttelte verdrießlich den Kopf. „Jetzt einmal im Ernst, Herr Schiller, so weit das heute möglich ist. Sie sind ein erfolgreicher, kultivierter Mann, Mertens ist noch immer eine faszinierende Persönlichkeit. Mir stellt sich aber immer dringlicher die Frage, wie brauchbar er ist. Sie entschuldigen das herzlose Wort. Was halten Sie von Ihrem neuen Freund?"

Schiller wehrte mit Mühe die Versuche einer wild gewordenen Hexen-Horde ab, die ihm ein bläulich schimmerndes Getränk mit Plastikspinnen einflößen wollte. Enttäuscht wandten sich die Teufelsbräute ab und begannen zu den Klängen der Hula-Mädchen zu tanzen.

„Lassen Sie mich eine Gegenfrage stellen, Herr Käfer: Wie brauchbar sind Sie selbst? In den vergangen Monaten habe ich Sie doch eher als ..., nun ja, als Traumtänzer kennen gelernt."

„So mussten Sie es sehen. Aber jetzt liegt ein Vertrag mit Kappus & Schaukal auf dem Tisch. Und ich habe immerhin ein erstes Konzept vorgelegt. Ein ziemlich schlüssiges, hoffe ich wenigstens."

„Ich weiß, Henning Mertens hat mir davon erzählt."

„Was sagen Sie da?"

„Er hat Ihr Konzept gründlich studiert und findet es gut. Ein paar Mal hätten Sie geschummelt, meint er, aber ein Mann wie Puntigam würde das ohnehin nie bemerken. So viel zum Thema Brauchbarkeit. Ob Sie seine Eskapaden aushalten wollen, ist eine andere Sache."

„Ja, und warum redet dieser Unglücksmensch nicht mit mir darüber?"

„Angst, Herr Käfer, zähneklappernde Angst. Mertens traut sich nichts mehr zu. Schon gar nicht die Kompetenz, Ihre Arbeit zu beurteilen."

„Verstehe. Also doch ein wahrer Scherbenhaufen. Mit einem freundschaftlichen Rippenstoß und ein paar aufmunternden Worten wird wohl nichts zu kitten sein. Da helfen nur Geduld und gute Nerven. Aber etwas anderes, Herr Schiller. Gut, es ist Fasching im Ausseerland – für die meisten einfach ein Riesenspaß. Für Sie doch wohl eine schwierige Zeit?"

„Sie sagen es."

„Jetzt habe ich eine Bitte an Sie. Die erste übrigens, seit wir einander kennen."

„So gut wie erfüllt."

„So verschieden Sie und Mertens sind, Sie beide schwingen auf gleicher Wellenlänge – mit gefährlichen Folgen, wie man sieht. Sie, Herr Schiller, können irgendwie damit umgehen, Henning Mertens rutscht nur noch tiefer ins Schlamassel. Wäre es denkbar, Ihre junge und für meinen Geschmack etwas zu intensive Freundschaft vorläufig auszusetzen, sagen wir bis zum Eintritt der Normalität hierzulande?"

„Ja. Gerne zugesagt! Wo bleibt Henning eigentlich so lange? Es wird ihm doch nicht übel geworden sein? Ich werde Nachschau halten." Schiller stand auf, tänzelte geziert an den Hexen und den Hula-Mädchen vorbei, entschwand Käfers Blick und war bald darauf wieder da. „Er ist weg, fort, verschwunden, perdu!"

„Nein!"

„Ja. Vielleicht will er ernsthaft und alleine nachdenken?

„Fällt mir schwer, daran zu glauben, Herr Schiller."

„Mir auch."

„Na gut, wir werden ja sehen … Kennen Sie übrigens die Familie Köberl? Die vom Lehrer und Heimatforscher meine ich."

„Mit dem Herzmanovsky am Klo. Ja."

„Haben Sie am Samstag diese Anspielungen im Faschingsbrief gehört oder gelesen?"

„Mir entgeht nichts."

„Ihre Meinung dazu?"

„In Ebensee könnte anonym ein Sohn Herzmanovskys leben, verstoßen, weil er von Kubin gezeugt wurde. Man hat ihn dereinst mit geschenkten Kunstwerken ruhig gestellt. Die Damen des Hauses Köberl versuchen immer wieder, dem schrulligen Alten weitere Blätter abzuluchsen – wenn diese gewöhnliche Ausdrucksweise gestattet ist. Und Herr Köberl ist in Ischl den krausen Anregungen eines sehr alten Grafen gefolgt und hat doch tatsächlich hinter dem kaiserlichen Jagdstandbild die Gebeine einer weiteren Freundin Franz Josephs entdeckt. Nun frönt er immer wieder einer gewissen Neigung zur Nekrophilie – natürlich ohne ihr nachzugeben."

„Witzbold! Sepp Köberl hat mir wahrscheinlich das Leben gerettet. Und es drücken ihn ganz offensichtlich schwere Sorgen, die würde ich ihm gerne von den Schultern nehmen."

„Hab ich auch längst versucht. Dem Mann ist nicht zu helfen, Sie dürfen es mir glauben. Reden wir am Aschermittwoch weiter."

„Was soll dann sein?"

„Die Masken fallen, was sonst? Schluss mit lustig, mein Lieber!"

Schiller gab sich von da an einem vieldeutigen Schweigen hin. Die Maschkera – einige der Hula-Mädchen hatten nun Hexenhüte auf den Köpfen – brachen zu neuen Taten auf. Das Wirtshaus war fast bis auf den letzten Platz besetzt, doch merklich ruhiger geworden.

Käfer nippte an seinem Tee und dachte darüber nach, dass bislang die angestrengte Heiterkeit ringsum für ihn mehr befremdlich als animierend gewesen war – so erging es eben Zaungästen. Aber das Durcheinander gefiel ihm, das Fehlen wichtigtuerischer Narrenvereinsmeierei.

Dann dachte er an Sabine und an ihren einsamen Kampf um ein paar gute Fotos. Unwillkürlich lächelte Käfer.

„Muss schön sein …" Eustach Schillers rechte Hand wischte sanft über die Tischplatte.

„Schön? Was?"

„An jemanden denken zu können, der einen lächeln lässt. Frau Kremser?"

„Hellseher!"

„Der Neid des Besitzlosen sensibilisiert meine Wahrnehmungsfähigkeit. Nähe …, wie fühlt sich das an, Herr Käfer?"

„Als ob ich das wüsste – jedes Mal anders."

„Nichts, worauf man sich verlassen könnte, wie? Das würde mich nicht beunruhigen. Ich habe ein seltsames Leben hinter mir: stets reizvoll, doch nie intensiv, erfolgreich, doch nie befriedigend, lasterhaft, doch nie lustvoll. Meine Freundschaften waren immer ernst gemeint, aber lächerlich, und meine Liebschaften …"

„Na los, heraus damit!"

„Ich bin ein emotionales Schmetterlingskind. Sie wissen: Schmerz bei jeder Berührung, Verletzung durch jede Zärtlichkeit. Aber ich kann damit umgehen, übe mich unverdrossen in verzehrendem Gleichmut. So gesehen mag es Sie nicht wundern, dass mir das Unbeständige weniger Angst macht als das Bleibende."

„Geht's auch einfacher?"

„Ja." Schiller nahm sein Glas, neigte es und ließ den Wein auf den Boden rinnen. „So trinke ich, so lebe ich – an mir vorbei, ohne Umweg nach innen. Praktisch, meinen Sie nicht auch?"

Käfer war ganz froh darüber, dass ihm ein neuer Gast die Antwort ersparte. Hubert Schlömmer stand in der Tür und warf einen suchenden Blick in die Runde. Schiller winkte ihm zu und zeigte auf den freien Sessel neben sich. Schlömmer tippte gegen die Hutkrempe, kam näher und nahm Platz. Ohne eine Bestellung abzuwarten, brachte die Servierin ein Bier. Sie kraulte seinen Nacken. „Na, Hubert? Wieder unterwegs?"

„Noch immer." Er tat einen tiefen Schluck, lehnte sich zurück und streckte die Beine unter dem Tisch aus. Schiller hob sein wieder gefülltes Glas und prostete ihm zu. Käfer nippte an seinem Tee und versuchte Neues in Schlömmers Gesicht zu lesen. Aber alles war wie immer: heftig geschnitztes Hartholz, die Kerben und Konturen vielleicht eine Spur deutlicher als sonst.

Schiller beugte sich vor und senkte vertraulich die Stimme. „Ist die Trommel vorbereitet, für morgen früh?"

Schlömmer gab keine Antwort, griff aber nach Käfers Tasse und roch daran. „Bist krank?"

„Nein. Vorsichtig."

„Auch nicht besser."

Schweigen machte sich breit. Dann erstarb übergangslos auch das Stimmengewirr ringsum. Die schwere Wirtshaustür war durch einen Fußtritt geöffnet worden, kalte Winterluft strömte in die Stube, doch niemand trat ein. Hubert Schlömmer stand unwillig auf, ging zur Tür, blieb stehen, als wäre er gegen die Wand gerannt, hob die Schultern, machte kehrt und stellte sich an die Schank. Dann hämmerte Musik los, Techno, überlaut, verzerrt, wütend. Eine mächtige Gestalt kam ins Bild: plumpe Schuhe mit genagelten Sohlen, weit geschnittene Jeans mit tief hängendem Hosenboden, Lederjacke, darüber ein mehrfach gepierctes Gesicht mit kahlem Schädel – eine Maske, aber eine, die nicht komisch verfremdete oder grotesk überzeichnete, sondern einfach nackte Brutalität ausdrückte. Der Mann wuchtete seine Musikmaschine auf den nächstbesten Tisch.

Dann war ein schriller Pfiff zu hören, der sogar die dumpf dröhnende Musik übertönte. Der Glatzkopf schaute zur Tür hin, senkte den Kopf und verließ eilig den Raum. Als er gleich darauf wiederkam, trug er ein mit Metallspitzen besetztes Hundehalsband und wurde von einer Frau in hohen Lackstiefeln und Leder-Corsage an der Leine geführt. Das bizarre Paar blieb in der Raummitte stehen. Sie musterte die Gäste, ruhig und gründlich. Manchmal ging sie mit ihrem folgsamen Begleiter ein paar Schritte auf einen Tisch zu, wandte sich aber bald wieder ab. Dann jedoch zog sie ihren Begleiter dicht an sich heran, flüsterte etwas Unhörbares, löste die Leine und zeigte auf Daniel Käfer.

Der Glatzkopf näherte sich ihm mit bedrohlicher Langsamkeit, griff nach Schillers Glas und schüttete den Wein in die Teetasse. Dann nahm er sein Hundehalsband ab und legte es Käfer um, der beschlossen hatte, erst einmal ruhig mitzuspielen. Er griff sich prüfend an den Hals. „Passt und hat Luft, mein Lieber. Zählt allerdings nicht zu meinen Lieblings-Perversionen." Sein Gegenüber holte eine Bierdose hervor, trank, rülpste, drückte das leere Behältnis zusammen und schob es in eine Seitentasche von Käfers Sakko.

Inzwischen war auch die Domina herangekommen und fing an, sich mit Eustach Schiller zu befassen, indem sie seine Krawatte losband und ihm die Hände aneinander fesselte. Im Gegensatz zu Käfer, der allmählich die Geduld verlor, schien Schiller seine missliche Lage zu genießen. Interessiert versuchte er durch die Augenlöcher der Maske zu schauen. Ohne Widerstand zu leisten, ließ er zu, dass sein Hemd geöffnet wurde. Eine durchaus zartfühlende Hand erforschte den spärlichen Haarwuchs auf seiner Brust. Als sich die tastenden Finger seinem Hosenbund näherten, wurde Schiller allerdings nervös. Hilfe suchend warf er einen Blick zu Daniel Käfer hinüber, der aber auch in Bedrängnis geraten war. Der Glatzkopf hatte nun eine Haarschneidemaschine in der Hand und näherte sich in unmissverständlicher Absicht Käfers Kopf. „Also Schluss jetzt!" Käfer war energisch aufgestanden und hatte nach dem Handgelenk seines Widersachers gegriffen – ein verblüffend zartes Handgelenk. Die vordem so bedrohliche Gestalt ließ das Gerät einfach fallen, umarmte ihr Opfer und schob dann die Maske hinauf. „Aber d'Mutter und d'Tochter habn in Ebensee was ztoan", flüsterte Anna und hauchte Käfer ihren Bieratem ins Gesicht. Dann deutete sie auf die Maske: „… mit unseroan."

„Ja, und was noch, du Rabenbraten?" Käfer wurde von einem unterdrückten Aufschrei Schillers abgelenkt. „Sieglinde Köberl!"

„Wer sonst?" Sie hatte von ihrem Opfer abgelassen, stand vor ihm und schwenkte eine Brieftasche, die sie im Zuge ihrer Handgreiflichkeiten an sich gebracht hatte. „Geld, Herr Schiller. Wer's hat, braucht's nicht, und wer's braucht, hat's nicht. Hepp!" Sie warf ihm sein Eigentum zu, schob die Maske vors Gesicht, nahm ihren gehorsamen Begleiter an die Leine und brach zu neuen Schandtaten auf.

12

Hubert Schlömmer saß wieder am Tisch. Käfer gab ihm einen Stoß mit der Faust. „Du hast was gewusst, Halunke!"

Schulterzucken. „Magst jetzt ein Bier?"

„Ja, ein großes." Käfer schaute auf seine Armbanduhr. „Der Lehrerfaschingsbrief sollte schon da sein."

„Hm."

„Und was sagst du zur Familie Köberl und diesen Geschichten mit Ebensee und Ischl, Hubert?"

„Nichts."

„Du hast keine Ahnung?"

„Das hab ich nicht g'sagt." Schlömmer wies mit dem Kinn zur Tür. „Na also!"

Der Faschingsmarsch klang auf, so frisch und schwungvoll, wie ihn Käfer noch nie gehört hatte. Angeführt von Sepp Köberl zogen drei Männer und eine Frau musizierend ein. Sie trugen die gelben Arbeitsjacken der Ausseer Müllabfuhr und hatten Hüte auf den Köpfen, die ihrerseits reif für die Entsorgung waren. Ein Transparent mit der Aufschrift „MistkübelentLehrer" wurde aufgespannt, fünf Kübel fanden vor den Männern Platz: Glas, Metall, Papier, Plastik, Sondermüll.

Käfer hatte eine einleitende Moderation erwartet. Stattdessen erlebte er eine gekonnte Pantomime. Ein Kübel nach dem anderen wurde stumm geöffnet und die jeweilige Reaktion sprach für sich: angewidertes Nasenrümpfen, erschrockenes Zuschlagen des Deckels, böses Grinsen, neugieriges Wühlen im Unrat und letztlich sogar eine wohltätige Ohnmacht. Dann erlebte Käfer vier Komödianten, die sich virtuos und vergnügt durch alle nur denkbaren Ausdrucksmöglichkeiten spielten. Schiller, der heimischen Mundart mächtig, übersetzte schwer Verständliches, wies auf Anspielungen, Zweideutigkeiten und verborgene Bosheit hin. Eine gute Stunde später wusste Käfer unter anderem, dass ein nicht sehr beliebter Jagdpächter – kein Ausseer, versteht sich – seinen grünen Geländewagen so geschickt im Wald abgestellt hatte, dass er ihn nur mit Hilfe der Bundesforste wiederfinden konnte. Käfer lachte über jene dem Greisenalter bedenklich nahen Männer – Ausseer, versteht sich – die in der neuen Disco partout nicht zum alten Eisen gehören wollten, er amüsierte sich königlich über jene unerschrockene Ehefrau, die ihren zahlungsunfähigen Gefährten frühmorgens aus dem Freudenhaus befreit hatte, und er vernahm schaudernd die Geschichte einer nach gutem altem Brauch gestohlenen Braut, die vom Trauzeugen trotz selbstloser Suche erst nach vier Tagen (und Nächten) gefunden werden konnte.

Dann aber war der Kübel mit der Aufschrift *Sondermüll* an der Reihe. Köberl zog eine Zeichnung hervor, die offenbar ihn selbst zeigte, wie er vergeblich versuchte, auf einem Bücherstapel balancierend ein offenes Fenster zu erreichen, wo ihn eine vollbusige, doch sichtlich in die Jahre gekommene Muse mit zum Kuss gespitztem Mund erwartete. Lausbuben versuchten, Bücher aus dem Stapel zu ziehen und ihn damit umzuwerfen. Zwei Frauen waren mit ausgebreiteten Armen offenbar willig, einen fallenden Köberl aufzufangen. Auf dem Dachfirst des Hauses saßen drei Geier mit Menschengesichtern. Schiller gab Käfer einen Stoß. „Die drei sind aus dem Gemeinderat! Und die zwei Lauser unten sind Schulkollegen."

Dann zogen die Lehrer Pilzkopf-Perücken hervor und sangen nach der Melodie von „Hey Jude": „Hey Sepp, sei nur kein Depp / Deine Bücher, die sind dir sicher / und denk dran, auch wenn's dich hinunter haut / dann fällst du weich, so viel ist sicher."

Lachend kletterte Köberl in den Sondermüll-Kübel und ließ sich von zwei Lehrern hinausschleppen, während der dritte auf der Trompete triumphierend den Faschingsmarsch blies.

Käfer hielt es nicht auf seinem Platz. Er lief in den Vorraum, wo die Künstler eben dabei waren, ihre Requisiten zu ordnen. „Herr Köberl, also ehrlich, das war großartig!"
„Dann ist's recht."
„Und die letzte Nummer, ganz hab ich's ja nicht verstanden, aber ich würde gerne auch helfen, beim Auffangen. Mit allen Kräften."
„Und dann liegen S' neben mir." Köberl lachte. „Jetzt hab ich's eilig, zum nächsten Auftritt."
Käfer kehrte an seinen Tisch zurück. Eustach Schiller war im Begriff zu gehen. „Ja dann, meine Herren. Ich habe zu tun. In mir keimt der Wunsch nach einer neuen Metamorphose."
„Muss ich wieder Angst haben, Herr Schiller?"
„Woher soll ich das wissen?"
„Ja, woher wohl. Viel Spaß dann!" Käfer wandte sich Hubert Schlömmer zu. „Eine Frage hätt ich, eine Bitte eigentlich."
„Sag's halt."
„Die Sabine kommt mit eurem Fasching irgendwie nicht zurecht. Sag, könntest du ihr ein bisschen beistehen, mit Rat und Tat, ihr erklären, worum es wirklich geht? Ich meine, du bist ja nicht irgendwer, als Trommelweib."
Hubert Schlömmer nickte, stand auf und ging. Käfer blieb noch eine gute Weile sitzen, trank Bier und gab sich resignierend seiner Verwirrung hin. Aber er fand mehr und mehr Vergnügen am Narrentreiben, und es gelang ihm ohne große Mühe, auch seine berufliche Zukunft und Bruno Puntigam in diesem Lichte zu sehen. Einige Gäste schauten verwundert auf, als Käfer unvermutet vor sich hin lachte. Er zahlte und verließ das Gasthaus Zur Traube.
Draußen war es längst dunkel geworden, schneidend kalter Wind blies ihm feine Schneeflocken ins Gesicht. Die

Glocken der Pfarrkirche läuteten zum Abendgottesdienst. Käfer hatte seine Zweifel daran, ob sich viele Gläubige einfinden würden an diesem verrückten Sonntag. Vielleicht hatte sogar der hochwürdige Herr Pfarrer noch etwas anderes vor heute Abend. Fröstelnd, mit hochgezogenen Schultern, schlenderte Käfer über den fast menschenleeren Meranplatz. Im Ortszentrum ging es dann doch wieder recht lebhaft zu, doch Käfer wich den Maschkeragruppen aus, weil er Ruhe haben wollte. Er entschloss sich zu einem kleinen Spaziergang im Kurpark und hoffte, dass die neue Brücke über dem Zusammenfluss von Altausseer Traun und Grundlseer Traun in gnädiges Dunkel gehüllt sein würde. Doch schon von weitem sah er er sie hell beleuchtet: Stahlbeton in seiner präpotentesten Form. Zu seinem Erstaunen bemerkte Käfer aber auch, dass sich viele Menschen davor drängten. Er trat näher und erkannte, Böses ahnend, was oder wen es hier zu sehen gab. Auf dem schmalen, mit Schnee und Eis bedeckten Brückenrand trippelte ein Vogel in Menschengröße, der einer Taube annähernd ähnlich war. Ab und zu wagte das Federtier einen gezierten Hüpfer, kam dabei bedenklich aus dem Gleichgewicht und nahm es offenbar in Kauf, irgendwann auszurutschen und zu fallen. Käfer drängte sich durch, betrat die Brücke und blieb vor dem Vogel stehen. „Herr Schiller, wie ich vermute?"

„In der Tat. Sie sehen in mir eine Friedenstaube, das Kostüm hatte ich noch vom letzten Jahr im Fundus. Meine Idee war, dass ein solches Tier auf einem Objekt, das zu Rede und Widerrede, was sage ich, zu Streit und Hader herausfordert, doch am Platze sei. Als kleine Pointe trage ich übrigens keinen Ölzweig im Schnabel, sondern die täuschend echte Nachbildung einer Stange Dynamit."

Jetzt wagte der Vogel einen besonders hohen Sprung, schlug die Füße zusammen, landete unsicher, stolperte und stieß einen schrillen, angsterfüllten Schrei aus. Käfer griff rasch nach einem der lächerlich kurzen Flügel und bewahrte Schiller vor einem Sturz ins eiskalte Wasser. „Sind Sie verrückt geworden? Sie können sich den Tod holen da unten."

„Ja, und?" Schiller hopste unbeholfen auf den Boden.

Wortlos schob Käfer seinen Schützling von der Brücke und durch die Menge, die sich allmählich zerstreute. Fast unbeobachtet gingen die beiden durch einen dunkleren Teil des Parks. Schiller hatte den Kopf seiner Maske nach hinten geklappt und sah nun aus wie ein Geschöpf aus einer bislang unbekannt gebliebenen männlichen Unterart der Harpyen. „Jetzt einmal im Ernst, Herr Schiller: Solche Narreteien finde ich ganz und gar nicht lustig."

„Ich kann Sie verstehen, Herr Käfer. Doch verstehen Sie mich?"

„Von Tag zu Tag weniger, ich möchte sagen, von Stunde zu Stunde."

„Doch dass ich meine aufgeblasene Existenz als weitgehend verzichtbar einstufe, wissen Sie?"

„Ihr faschingsbedingter Weltschmerz. Das legt sich."

„Kann sein. Aber es kommt so einiges zusammen. Hier, im Salzkammergut, und mehr noch im Ausseerland, dachte ich so etwas wie meine Seelenlandschaft gefunden zu haben. Also war ich und bin ich stets bereit zu investieren, was hierzulande auf zustimmendes Nicken stößt."

„Doch schön: Sie werden gebraucht!"

„Als Nützling, nicht als Mitbewohner, erst recht nicht als Mitspieler. Niemand scheucht mich weg, aber keiner will mich haben, wie ich zu sagen pflege."

„Gut, oder nicht gut. Aber deshalb dieser lebensgefährliche Vogeltanz?"

„Doch eine hübsche Art meinen närrischen Gastgebern zu zeigen, wie das ist, wenn sich ihr komischer Vogel den Hals bricht und keine Eier mehr legt, schon gar keine goldenen."

„Kindischer Trotz, mein Guter. Und am allgemeinen Erschrecken hätten Sie sich als totes Tier erst recht nicht mehr weiden können."

„Ja, schade! Das habe ich tatsächlich nicht bedacht. Aber Sie werden von mir doch nicht verlangen, in diesen wirren Tagen auf eine vernünftige Idee zu kommen?"

„Ich verlange gar nichts. Wie wird es weitergehen?"

„Weiß nicht. Ich bin ein leidenschaftlicher Hasardeur, Herr Käfer. Aber ich will in Zukunft versuchen, Sie und andere, die ich schätze, nicht damit zu bedrängen. Ein Wort?"

„Ein Wort."

Käfer, wieder allein, wandte sich dem Hauptplatz zu. Der kalte Wind hatte nun doch die meisten Narren und Schaulustigen vertrieben. Am Rand des Kurparks war eine Holzhütte errichtet worden, in der Lupitscher angeboten wurde. Grimmiges Gelächter und aufsässige Juchzer machten es ratsam, vorbeizugehen. Im Musikpavillon, den Sommer über therapeutisch wirksamen Walzerklängen gewidmet, hatte während der Faschingstage eine betäubend laut beschallte 24-Stunden-Bar geöffnet. Käfer folgte der ruhigeren Ischler Straße, bis er aus der Konditorei Strenberger Musikfetzen und Gelächter hörte. Er trat ein. Der vordere Raum, in dem eine mit Süßigkeiten aller Art gefüllte Vitrine stand, war menschenleer. Doch als Käfer durch die nächste Tür gehen wollte, stockte sein Schritt. Der Saal war überfüllt, Tabakrauch und Alkoholdunst lagen in der Luft, ein Klarinetten-Trio versuchte animiert, doch ohne besonderen Ehrgeiz eine gemeinsame Melodie zu finden, und auf einem der Tische tanzte Sabine. Sie hatte sich ihrer Winterkleidung und der Schuhe entledigt, ihr Gesicht war gerötet, und zwischen den Zähnen hielt sie eine Narzisse aus Plastik fest. Zu ihren Füßen lagerten Mammutjäger und Krankenschwestern, paschten, jauchzten und forderten Sabine zu immer wilderen Bewegungen heraus. Käfer schaute eine Weile verblüfft und auch fasziniert zu. Dann aber fühlte er ein schlimmes Ende nahen. Er formte die Hände zum Trichter. „Sabine!"

Die Tänzerin schien nichts zu hören, wohl aber war eine besonders stämmige Krankenschwester aufmerksam geworden. Sie nahm den Mammutknochen, ging eilig auf Käfer zu und versperrte ihm den Weg. Inzwischen war Sabine bereit, immer drängender klingenden Zurufen nachzukommen und begann, ihre Bluse zu öffnen.

„Ja verdammt noch einmal, was zu weit geht, geht zu weit!"

Käfer stieß die Krankenschwester wütend zur Seite, entriss ihr den Knochen und bahnte sich den Weg durch die Menge. Die Maschkera waren aufgestanden, schauten böse drein und rieben sich erwartungsvoll die Hände. Käfer blieb stehen. „Sehr stark, die Herrschaften, wie? Und so tapfer: zehn gegen einen." Zögernd bildeten die Maschkera eine Gasse. Käfer ging zum Tisch, stieg auf einen Sessel und barg Sabine. Er suchte ihr Gewand zusammen, nahm ihre Fototasche und ergriff ohne Hast die Flucht.

13

Die frische Luft tat Sabine gar nicht gut. Sie taumelte. „Lass mich los, Daniel, mir wird übel."

Er schob sie sanft aus dem Licht einer Straßenlampe, trat hinter seine Freundin, wartete geduldig, wischte ihren

Mund ab und gab ihr einen Kuss auf die Stirn. „Wir sind gleich beim Auto."

„Ja, und wohin dann?"

„Nach Hause, Sabine. Gleich geht's dir besser."

Beim Stoffen angekommen, sah Käfer, dass alle Fenster dunkel waren. Er sperrte auf, machte Licht, schob Sabine vorsichtig die steile Holztreppe hinauf, weiter ins Zimmer, und legte sie dort sachte aufs Bett. „Na, du?"

Sabine starrte ins Leere, dann fing sie an zu weinen, warf sich auf den Bauch und schlug mit den Fäusten auf die Bettdecke. Als Käfer beruhigend ihren Rücken streicheln wollte, stemmte sie sich mit einer wütenden Bewegung hoch, kam auf der Bettkante zu sitzen, stöhnte und griff nach ihrer Stirn.

Käfer ging ins Badezimmer und hielt ein Handtuch in den kalten Wasserstrahl. „Hier, Liebes, fürs Gesicht, das hilft. Sollen wir versuchen, ob du ein Kopfwehmittel unten behältst? Aber ja, mehr als schief kann's nicht gehen …, die haben dich ganz schön zugerichtet, wie? Ich bin gleich wieder da."

Langsam schien das Medikament zu wirken. Sabine lag ruhig auf dem Bett, Käfer hielt ihre Hand. „Erzählen kannst du später, wir haben so viel Zeit. Aber du brauchst was für den Magen. Ich geh einmal in die Küche nachschauen."

Als Käfer wiederkam, hielt er einen dampfenden Kaffeebecher in der Hand. „Da ist Rindsuppe drin, extra nachgesalzen. Komm, setz dich vorsichtig auf." Sabine tat wie geheißen, nahm zögernd einen Schluck, hustete und presste eine Hand auf ihren Leib. „Ich glaube, der Teufel holt mich, Daniel."

„Das soll er gefälligst bleiben lassen. Du musst wohl oder übel mit mir vorlieb nehmen. Los, versuchen wir's, noch einen Schluck!"

Es dauerte lange, bis der Becher endlich leer war. Käfer stellte ihn auf den Boden. „Na also! Morgen früh bist du wie neu. Wetten wir?"
 Sie schaute ernst drein. „Nein, wir wetten nicht. Ich werde nie wieder sein, wie ich war."
 „Wegen deinem Ausrutscher heute Abend? Sabine, du bist dein ganzes Leben noch nie aus dem Rahmen gefallen. Und jetzt bist du schockiert."
 „Ja, Daniel, ich bin schockiert. Aber nicht über die Tanzmaus auf dem Tisch und nicht über den Suff und den Kater. Ich habe als Fotografin versagt. Blind für Motive, taub für Informationen, aber recht brauchbar als blöde Kuh. Ich hasse mich aufrichtig und innig. Und ich geb's auf. Morgen reise ich ab."
 „Resignation ist unprofessionell, Sabine."
 „Ich bin unprofessionell."
 „Mach dich nicht lächerlich."
 „Lächerlich? War's heute nicht genug?"
 Käfer lächelte. „Nein. Es ist nie genug."
 „Was grinst du so blöd?"
 „Verliebte schaun immer so drein." Er gab ihr einen vorsichtigen Kuss.
 „Lass das, Daniel. Ich muss scheußlich schmecken."
 „Ach wo. Jetzt sag einmal: Was ist denn überhaupt passiert?"
 „Also, du hast diese Narrengruppen ja auch erlebt ..."
 „Maschkera, na klar."
 „Was soll ich mit Fotos, die halblustige Verkleidungen zeigen, oder tollpatschige Provokation? Ich muss die Kraft

dahinter sichtbar machen, Daniel, die Leidenschaft, die solche Gestalten durch den Winter treibt, oder die Lust oder was immer. Darum habe ich versucht, mit ein paar von denen ernsthaft ins Gespräch zu kommen."

„Ein Fehler."

„Und was für einer auch noch. Ohne Alkohol ging's natürlich nicht ab. Irgendwann habe ich mich ganz wohl gefühlt in der Runde und dann … die ultimative Erkenntnis: Lass dich fallen, Sabine, lass dich treiben, sei Teil des Irrsinns, und irgendwann hast du's und trittst ganz cool einen Schritt zurück. Klick! Ein wesentliches Foto. Klick! Und noch eins. Aber nichts hat geklickt, nicht einmal mein Gehirn, beim Ausschalten."

„Künstlerpech, Sabine. Doch es gibt auch gute Nachrichten. Hubert Schlömmer hat mir versprochen, dir zu helfen – wenn der nicht Bescheid weiß, dann keiner."

„Reizend. Onkel Hubert gibt auf kleines Mädi Acht und sagt ihm, welche Bildchen es machen soll. Nein, danke."

„Genau so war's nicht gemeint. Er soll dich zum Kern der Sache bringen, ohne bedrohliche Nebenerscheinungen."

Sabine hatte jetzt nasse Augen. „Vor zwei Tagen hätte mir das noch gefallen können. Aber jetzt reicht's mir. Sei nicht bös, bitte."

Daniel Käfer stand auf, ging zum Fenster und schaute in die Nacht. Der Schneefall war dichter geworden. Er hörte Sabines Stimme hinter seinem Rücken.

„Du, Daniel …, danke für heute und so."

Er nahm wieder neben ihr auf der Bettkante Platz. „Nicht der Rede wert. Ich würde für dich jederzeit wieder mit geschwungenem Mammutknochen eine heimtückische Überzahl niedermähen."

„Hast du wirklich? Hab ich gar nicht wahrgenommen."

„Na ja, ganz so blutig war's nicht. Sag trotzdem Ritter zu mir, Sabine!"

„Wenn's dir Spaß macht? Himmel, was geht's mir schlecht."

Käfer schaute auf die Uhr. „Wenn wir uns beeilen, schaffen wir es noch ein wenig vom bekanntermaßen wohltuenden Schlaf vor Mitternacht zu erwischen. Vorhin, bei deinem Schönheitstanz, war ich entschieden dagegen, dass du dich ausziehst. Jetzt verlange ich es gebieterisch."

Sabine brachte ein klägliches Lächeln zuwege. „Ich fürchte, du musst mir dabei helfen."

Zitternd kroch sie unter die Bettdecke. „Lass bitte das Licht am Klo an, Daniel, ich meine, zum Hinfinden, wenn's eilig werden sollte in der Nacht."

„Sehr vernünftig, ist schon erledigt. Darf ich jetzt zu dir?"

„Nicht zu nahe bitte."

Sie lagen noch lange bis nach Mitternacht wach. Daniel Käfer war dankbar dafür, denn er spürte eine zärtliche Nähe, wie er sie bislang nicht gekannt hatte.

Er war in einen leichten Dämmerschlaf gesunken, als ihn ein lautes Poltern aufweckte. „Sabine! Ist was mit dir? Alles in Ordnung?"

„Ja, so irgendwie. Aber dieses Geräusch …, es ist von unten gekommen, glaub ich."

„Bleib du nur liegen. Ich bin bald wieder da."

„Daniel …"

„Ja?"

„Du hast nichts an!"

Käfer warf rasch den Bademantel über. Vor dem Zimmer war es dunkel. Er machte Licht, stieg die Treppe hinunter und lauschte. Jetzt war ein schrilles Kichern zu hören, Maria Schlömmer möglicherweise … Käfer wollte kehrt machen, um nicht Zeuge häuslichen Ehelebens zu werden, als er die Stimme von Mertens vernahm. „Wirst du wohl stillhalten, du Biest!"

Sollte dieser Unglücksmensch tatsächlich mit Gewalt … Jetzt erst bemerkte Käfer den Lichtschein, der aus der halb offenen Schlafzimmertür kam. Er trat eilig näher und wagte einen vorsichtigen Blick. Sofort erkannte er, dass Diskretion fehl am Platze war. Dennoch bot sich ihm trotz vollständiger Bekleidung der beiden Akteure ein mehr als befremdliches Bild. Maria Schlömmer lag rücklings auf dem Ehebett. Auf ihr lastete die wuchtige Gestalt von Henning Mertens, der mit einiger Kraftanstrengung versuchte, das rechte Bein der jungen Bäuerin bis über deren Kopf zu heben. Käfer räusperte sich. „Also bitte, der Herr!"

Mertens schaute zur Tür und ließ das Bein los. „Also runter vom Mädel, die Pause wird mir gut tun."

Maria Schlömmer richtete sich auf. „Jetzt fehlt nur noch der Hubert. Dann wär's lustig."

Käfer setzte sich auf einen rosa gepolsterten Hocker. „Es geht mich ja nichts an, aber gibt es" – er machte eine umfassende Handbewegung – „irgendeine Erklärung dafür?"

Mertens grinste und zeigte auf eine fast geleerte Schnapsflasche. „Fett wie die Igel, Maria und ich. Aber das ändert nichts an der Ehrenhaftigkeit unseres Bemühens."

„So? Nicht? Und der Polterer vorhin?"

„Eine etwas zu ambitionierte Übung, und dann noch gewisse Gleichgewichtsstörungen."

Maria Schlömmer hatte den Rest Schnaps in ihr Glas gegossen und trank. „Es ist so. Der Henning hat mir ein paar Sachen zeigen wollen, damit es noch gaudiger wird mit dem Hubert. Kama … wie war das gleich?"

„Kamasutra, Maria, zweitausend Jahre alte indische Liebeskunst, heute aktueller denn je. Was bleibt uns Alten denn, mein lieber Daniel Käfer, als den Jüngeren Wissen und Erfahrung weiterzugeben? Ich bin selbstredend mit aller nötigen Sorgfalt vorgegangen. Dabei war es – nun ja, biologisch eben – nicht so sehr von Bedeutung, ob ich als Hase, Stier oder Hengst gelten durfte. Ich konnte es Maria allerdings nicht ersparen, mir zu sagen, wie Hubert einzustufen sei, und natürlich sie selbst. Sie wissen ja: Gazelle, Stute, Elefantenkuh."

„Und?" Käfer gab seinem Gesicht den Ausdruck wissenschaftlichen Interesses.

„Das geht Sie einen feuchten Kehricht an, mein Lieber. Vielleicht aber interessiert Sie der von ihnen erwähnte Zwischenfall …, wir hätten uns lieber doch nicht an Sutra 36 wagen sollen."

„Im Detail?"

„Was soll diese lüsterne Neugier? Na gut, es geht um die schwebende Vereinigung. Nur für sehr Geübte! Er steht mit dem Rücken zur Wand – eine recht lebensnahe Haltung übrigens. Sie umfasst mit den Händen seinen Nacken, er stützt die Gefährtin unterwärts, während sie ihre Füße gegen die Wand presst und mit dem Becken hin und her schwingt. Dabei sind wir umgefallen."

„Fast hätt er mich flachgedrückt, dieser Sack." Frau Schlömmer lachte. „Und wobei waren wir eigentlich, als der Daniel dazwischengekommen ist, dazugekommen, meine ich?"

„Sutra 27, wenn ich mich recht erinnere: der eingeschlagene Nagel."

„Saubär! Und jetzt geh ich endgültig ins Bett. Allein. Gute Nacht, die Herren!"

Sabine schaute ihrem Freund nervös entgegen. „Wo bist du nur so lange geblieben, Daniel? Ich wollte gerade nachkommen."

„Du hättest gerade noch gefehlt. Maria und Mertens haben Unfug getrieben, Details morgen, sonst schläfst du mir überhaupt nicht mehr ein. Wie geht's dir denn?"

„So einigermaßen, eigentlich schon mehr am Leben als dem Tode geweiht."

„Na also. Ein Schluck Wasser?"

„Ja, bitte. Du hast reichlich Erfahrung mit derartigen Zuständen, wie?"

„Halb so schlimm. Und jetzt schlaf schön."

„Schön? So, wie ich aussehe?"

„Ja, schön."

Es war noch nicht richtig hell, als Daniel Käfer aufwachte. Der Platz neben ihm war leer. Er hörte Geräusche aus dem Bad. Als Sabine ins Zimmer kam, trug sie Jeans und Pullover, war geschminkt und frisiert. „Kannst du eine entfernte Ähnlichkeit mit mir entdecken, Daniel?"

„Aber ja!"

„Das nenne ich aufrichtige Bewunderung. Schnell aus den Federn mit dir. Ich will noch vor dem Frühstück hinaus in diesen herrlich frischen Schnee. Und um acht sollten wir ja vor der *Traube* sein – die Trommelweiber!"

„Wir, Sabine? Hast du wir gesagt?"

„Ja und noch einmal ja. Es war klug von dir, dass du es aufgegeben hat, mich überreden zu wollen. Im eigenen Saft schmort es sich ja doch am besten. Ich muss da durch, Daniel, ich will da durch. Und jetzt komm!"

Maria Schlömmer warf den beiden einen schrägen Blick zu, als sie in die Küche kamen.

„Was ist denn mit euch los? Unter eine Dachlawine gekommen?"

Käfer klopfte Schneereste von Sabines Parka. „Eine Schneeballschlacht konnte erst im Nahkampf entschieden werden."

„Und wer hat gewonnen?"

Sabine Kremser küsste Daniel Käfers Nasenspitze. „Wir!"

„So was Kitschiges. Der echte Daseinskampf schaut anders aus, was, Daniel?"

„Heute Nacht hat sich meine diesbezügliche Vorstellungskraft tatsächlich um einiges erweitert, Maria."

„So? Und getratscht hast du natürlich auch."

„Noch nicht."

„Dann untersteh dich! Lass die Sabine in Frieden mit deiner schmutzigen Fantasie. Und noch was: Der Henning ist abgereist, mit dem Frühzug. Er muss nach Frankfurt, hat er gesagt. Aber er kommt wieder. Vielleicht."

14

„Du, Daniel, das ist es, das ist es! Unglaublich geradezu ... Lass mich allein arbeiten. Bis später!"

Aus dem Rundbogentor des uralten Gasthauses Zur Traube drängten die Trommelweiber ans Licht: massige Gestalten in weißen Frauennachthemden, weiße Häubchen über den groben Maskengesichtern, alle mit gewaltigen Trommeln vor den Bäuchen, einige mit Blasmusikinstrumenten. Nach und nach füllten sie die breite Kirchengasse bis zum Meranplatz hinunter, und noch immer kamen welche dazu. Käfer hatte aufgehört zu zählen. Dieses stete Anschwellen der Menge war von unerbittlicher Gelassenheit. Die Trommelweiber, wusste Käfer, hatten einen anstrengenden Tag vor sich, einen langen Weg durch die Stadt mit vielen Stationen. All das geschah im schweren, gleichförmigen Rhythmus der Trommelschläge, über den sich immer wieder der Faschingsmarsch erhob, wild und kraftvoll anfangs, dunkel und elegisch, wenn es dem Abend zuging. Und von Mal zu Mal wurde die mit Wurstkränzen und Brauchtumsgebäck, den Beugeln, behängte Fahnenstange schwerer. Nein, lustig war der Zug der Trommelweiber nicht, schon eher eine gottlose Prozession, die forderte, statt zu bitten.

Es war auch nichts vom militärischen Gepränge irgendwelcher Karnevalsaufmärsche zu spüren. Vorne waren die Fahne und der Taktstock, dahinter waren die Musikanten und die Trommler, ein namenloser Haufen. Es dauerte lange, bis der Zug der Trommelweiber komplett war, bis sich der Taktstock hob und sich die Schar langsamen Schrittes in Bewegung setzte. Käfer folgte ihr ein Stück des Weges und beobachtete auch Sabine, die wie besessen fotografierte, gerade so, als habe sie eine erholsame Nacht hinter sich. Dann blieb er ein paar Schritte zurück und beobachtete, wie die weißen Gestalten mit dem Bild des alten Ortes eins wurden, fühlte, dass die Zeit nicht mehr mit dem Ticken der Uhren, sondern mit dem Schlag der Trommeln ging. Endlich blieb er stehen und schaute den Trommweibern nach, bis er sie nicht mehr sehen konnte, wohl aber hören. Als es auch damit vorbei war, machte er sich auf den Weg in die Kurhauskonditorei.

Am Vormittag war es hier noch recht ruhig. Käfer trank Kaffee, las Zeitung, schlenderte dann ziellos durch den Ort, bis er von irgendwo her leises Trommeln hörte, oder den Faschingsmarsch. Dann folgte er den Klängen, war ihnen nahe und ließ sie an sich vorüberziehen. Nachdem er dieses Spiel ein paar Mal wiederholt hatte, wollte er es erst wieder nachmittags fortsetzen, wenn die Trommelweiber am Ende ihres Weges waren, die Köpfe schwer von Wein, Bier und Schnaps. Sepp Köberls Faschingsbrief fiel ihm ein. Er hatte noch immer die Melodien im Ohr und verschiedene Textstellen, die ihm besonders gefallen hatten. Ob ein Besuch angebracht war? „Hey, Sepp, sei nur kein Depp", summte Käfer leise und schlug den Weg Richtung Grundlsee ein.

„Der Sepp ist nicht da." Christine Köberl stand in der offenen Haustür, lächelte, war aber auffallend blass.

„Der müsste doch müde sein von gestern! Wo treibt er sich denn schon wieder herum, dieser Wüstling?"

„In Ischl."

„Tatsächlich in Ischl?"

„Man tät's kaum glauben, nicht wahr? Kommen S' weiter, Herr Käfer."

„Gern. Und ich komm wirklich nicht ungelegen?"

„Keine Rede. Hunger?"

„Ehrlich gesagt, ja."

„Groß gekocht wird bei uns nie im Fasching. Aber Bratwürstel hätt ich. Die macht der Sepp selber. Das Rezept hat er noch vom Öhlinger, dem ehemaligen Wirt am Oberen Markt."

„Bei dem war ich als Kind mit meinen Eltern. Bratwürstel und Chabesade: das war knapp am Schlaraffenland."

„Heute kriegen S' ein Bier dazu. Kommen Sie mit in die Küche, Herr Käfer, dann brauchen Sie nicht allein herumsitzen. Erdäpfel sind gekocht. Schälen, schneiden und mit Zwiebel anrösten – bringen Sie das zusammen?"

„Na klar, als zwischenzeitlicher Junggeselle."

„Passt schon, die Sabine, was?"

Käfer schälte den ersten Erdapfel mit geradezu liebevoller Sorgfalt. „Ja, mehr als das, eine großartige Frau, viel zu gut für mich."

„Das sagen Männer immer, damit sie sich schlecht benehmen können."

„Der Sepp auch?"

„Der nicht." Sie griff nach einer Zwiebel. „Ich helf Ihnen, sonst bin ich schneller fertig als Sie. Den Faschingsbrief haben S' gehört gestern?"

„Ja! Ich bin schwer beeindruckt. Hey Sepp ...", sang Käfer, „... sei nur kein Depp", sang Frau Köberl.

„Ganz verstanden hab ich das übrigens nicht."

„Die, die's angeht, werden's begriffen haben." Sie legte zwei Bratwürste ins heiße Fett, Käfer röstete Zwiebel. „Riecht gut. Ich freu mich richtig drauf."

„Und ich muss nicht allein essen. Die Sieglinde ist ja nicht zu halten im Fasching. Zwei, drei Stunden Schlaf und schon wieder als Maschkera unterwegs."

„Die Anna und sie – war richtig stark gestern."

„Kann ich mir denken. Und so vielsagend."

Käfer schaute Frau Köberl überrascht ins Gesicht. Er hatte ihr vertrautes Lächeln erwartet, aber sie grinste, grinste geradezu unverschämt. „Und jetzt die Erdäpfel in die Pfanne. Um zwei werf ich Sie übrigens hinaus, nicht die Erdäpfel, den Herrn Käfer. Ich fahr heim nach Ebensee, die Fetzen lass ich mir nicht entgehen."

„Gut, dass Sie das sagen, Frau Köberl. Auf die hätt ich jetzt fast vergessen, mit nichts als Trommelweibern im Kopf."

„Eine andere Welt. – Salzen, Pfeffern nicht vergessen. So. Einverstanden, wenn wir am Küchentisch essen?"

„Ich liebe Küchentische."

„Besonders den von der Schlömmer Mirz, nicht wahr?"

„Ja, freilich. Das ganze Haus mag ich, und seine Bewohner erst recht."

„Na, ob ich mich an den Hubert gewöhnen könnt, weiß ich nicht. Mahlzeit, Herr Käfer."

„Danke, Frau Köberl."

„Klingt doch blöd, oder? Sagen wir du zueinander. Mit dem Sepp wirst du dann schon auch noch einig werden."

„Hoffentlich."

Die beiden aßen, ohne viel zu reden, und teilten sich eine Flasche Bier. Christine Köberl räumte das Geschirr ab. „Soll ich noch ein Bier aufmachen? Oder gönnen wir uns einen Lupitscher, einen echten diesmal."

„Du haftest für die Folgen."

„Wär nicht zum ersten Mal, Daniel."

Bald füllte der Geruch von heißem Rum und Tee die Küche. Käfer hatte seine Tasse erst halb geleert, spürte aber deutlich die Wirkung des Getränks. Frau Schlömmers Gesicht war nicht mehr blass. „Der schmeckt nur am Anfang so gefährlich. Wenn du weiter trinkst, wirst wieder ganz normal."

„Eine gefährliche Selbsttäuschung vermutlich."

„Gibt's was Schöneres?"

„Auch wieder wahr." Käfer nahm einen kräftigen Schluck. „Teufelszeug. Passt aber irgendwie zum Fasching."

„Find ich auch." Jetzt war es wieder da, dieses schmale, spröde Lächeln. „Soll ich dir sagen, was du denkst, Daniel?"

„Versuch's!"

„Du denkst: Was will diese Frau eigentlich von mir?"

„Was wirklich?"

„Ich muss erst nachdenken darüber." Sie füllte die Tassen nach. „Der Sepp imponiert dir, Daniel, stimmts? Mir auch."

„Na also."

„Aber es ist mehr als das. Mit ihm kann eine Frau wunschlos glücklich sein."

„Gratuliere!"

„Danke. Nur manchmal sag ich mir: Gut geht's mir. Und was kommt jetzt?"

„Verwöhnter Fratz!"

„Recht hast."

Käfer lachte. „Das erinnert mich an eine meiner Lieblingsgeschichten – von Frank Endrikat übrigens, sagt dir wahrscheinlich nichts."

„Nein. Aber erzähl."

„Ein Ehepaar hat einen perfekten chinesischen Diener, der den beiden jeden Wunsch von den Augen abliest. Natürlich erkennt der kluge Mann auch, dass dieser Zustand bald einmal fad wird. Er schlägt also vor, einfach irgend jemanden vom Bahnhof abzuholen, das sei doch recht spannend. So kommt ein Gast ins Haus, wird freundlichst bewirtet, und es ist ihm schrecklich peinlich gestehen zu müssen, dass er ein gedungener Mörder ist. Bald würde er seinem Auftrag nachkommen müssen, das Ehepaar umzubringen."

„Hast irgendwelche Waffen bei dir, Daniel?"

„Blödsinn. Der Mörder windet sich jedenfalls vor Verlegenheit, das Ehepaar ist wohlig erregt – da läutet es an der Tür. Der Diener nimmt ein Telegramm entgegen, das an den Mörder gerichtet ist. Letzterer liest und gibt erleichtert kund, dass sein Auftrag nunmehr zurückgezogen sei, bedankt sich und geht. Randbemerkung: Die ganze Geschichte war natürlich nur eine Inszenierung des chinesischen Dieners. Trotzdem ist das Ehepaar ergötzt, trinkt Likör, und sie nimmt dabei in der Pendeluhr Platz, um es immerhin ein wenig unbequem zu haben."

„Ich seh weit und breit keine Pendeluhr, Daniel. Aber die Geschichte ist gut. Was ich sagen wollte: Mit dir ist wieder Spannung ins Haus gekommen, und das mag ich. Versteh mich recht: Auch wenn ich ein bisschen verliebt sein sollte, ich bin weit davon entfernt, den Kopf zu verlieren. Aber du tust mir gut. So ist es halt."

„Danke! Und was willst du noch von mir, Christine?"

„Hellseher." Sie goss wieder nach, trank, starrte vor sich hin, stand auf, nahm die beiden Tassen und schüttete den Lupitscher ins Abwaschbecken. „Entschuldige, es hat nicht funktioniert."

„Was?"

„Na, Mut antrinken, Hemmungen wegsaufen."

„Wegen dem Aschermittwoch?"

„Ja. Ich meine, dass sich der Sepp das Leben unnötig schwer macht, und ich hab mir gedacht, wir zwei könnten was daran ändern. Können wir aber nicht, nicht hinter seinem Rücken."

„Aber vielleicht vor seinen Augen?"

„Erst recht nicht."

„Ist was mit dem Herzmanovsky?"

„Schluss jetzt. Zeit, dass du gehst, Daniel, sonst bleibst womöglich."

Auf dem Weg zurück nach Aussee dachte Käfer über das seltsam einträchtige Mittagessen mit Christine Köberl nach und über ihre offenbar mustergültige Ehe. Er versuchte sich die letzte Zeichnung des Lehrer-Faschingsbriefes in allen Details vorzustellen. Neben Sepp und seinem Bücherstapel waren jedenfalls drei Frauen wichtig: Die eine mit dem Kussmund, die er offenbar erreichen wollte, und zwei weitere, die seinen Misserfolg erwarteten – und zwar ohne Schadenfreude, doch mit hilfreich ausgebreiteten Armen. Der Sepp, ein Frauenheld? Beneideten ihn die zwei boshaften Lehrerkollegen, die ihn zu Fall bringen wollten? Und was hatten die gemeinderätlichen Geier auf dem Dachfirst zu suchen? Leiser Trommelklang unterbrach Käfers Gedanken.

Nachdem er die Traun überquert hatte, sah er den Zug kommen. Die lebendige Fülle weißer Leiber zwängte sich vom Oberen Markt her durch eine enge, steil abfallende Gasse. Käfer blieb vor dem Gasthaus Zum Weißen Rössl stehen und betrachtete fasziniert dieses bedächtige, kraftvolle Schauspiel.

„Kulturbanause! Statt sich an trunkenen Transvestiten zu weiden, sollten Sie sich einem der ältesten Häuser der Stadt zuwenden. Aber nein, Sie weisen ihm den Rücken!"

Käfer wandte überrascht den Kopf. Er hatte Eustach Schillers Stimme erkannt, erblickte aber nun einen Mann in der altmodischen Uniform der Gendarmerie, die längst zur Polizei geworden war.

„Grüß Gott, Herr Ordnungshüter. Welche Amtshandlung steht an?"

„Das werden Sie gleich sehen!"

Schiller betrat strammen Schrittes die Hauptstraße und tat dann etwas Ungeheuerliches: Er gebot dem Zug der Trommelweiber mit ausgebreiteten Armen Halt. „Stehen geblieben! Wird's schon?"

Langsam stockte die Bewegung.

„Trommelweiber! Trommelgesindel! Trommelbagage! Trommelgezücht!"

Während die meisten der maskierten Gestalten einfach abwartend dastanden, bildeten einige von ihnen, darunter Dirigent und Fahnenträger, einen Halbkreis um den falschen Gendarmen.

„Elender Trommelhaufen! Glaubt etwas Besonderes zu sein und ist doch nur eine fuseltriefende Farce, ein dämliches Damenkränzchen!"

Die Trommelweiber blieben stumm. Schiller schien das zu ärgern. „Alle diese traurigen Figuren, die sich hinter läppischen Larven verstecken, sind amtsbekannt! Aber ich will mich damit begnügen, an einem von euch ein Exempel zu statuieren! Und ich werde auch seinen Namen nicht verschweigen. Der Haftbefehl liegt vor. Erstens: Wegen fortwährender schamloser und exzessiver Vielweiberei, heimtückisch im Schutze der Nacht vollbracht und frech im Lichte des Tages!"

Jetzt kam ja doch Bewegung in die Szene. Die vorderste Reihe der Trommelweiber bewegte sich einen Schritt auf Schiller zu, und tat – wie um seine Worte zu unterstreichen – ein paar Schläge.

„Zweitens: Wegen wüster, wonniger Wunschbefriedigung durch Wilderei im Walde und tätiger Traumatisierung der Jägerschaft!"

Wieder ein Schritt. Wieder Trommelschläge.

„Drittens: Wegen schurkisch schandbarer Steuerhinterziehung durch schauerlich schwarz gebrannten Schnaps!"

Die Trommelweiber trommelten und standen nun dicht vor dem Gendarmen.

„Und nun zu den perfiden Personalien: Wohnhaft Sarstein. Name Hu …"

Einer der Trommelschlegel hatte mit dumpfem trockenem Geräusch Schillers Kopf getroffen. Jetzt lag der Gendarm auf der schneebedeckten Straße. Die Trommelweiber setzten ihren Weg fort, trommelten, und intonierten später den Faschingsmarsch.

15

„Den starken Mann spielen und dann beim ersten Schlag umfallen. So haben wir's gern!"

Käfer hatte die lädierte Amtsperson zum Straßenrand gebracht und rieb das Gesicht mit Schnee ein. Schiller stöhnte. „Es musste sein, es war mir ein unwiderstehliches Bedürfnis." Er stand taumelnd auf. „Kann ich Sie dazu überreden, Herr Käfer, diesen Ort des Schreckens zu verlassen, vorzugsweise Richtung Ebensee … die Fetzen, Sie wissen ja?"

„Da brauchen Sie mich nicht zu überreden. Kommen Sie, wir nehmen mein neues Dienstauto. Was haben Sie eigentlich gegen die Trommelweiber? Recht hübsch übrigens, der Auftritt als Gendarm."

„Danke! Als Narr bin ich wirklich überzeugend. Ich wäre auch ein gutes Trommelweib."

„Ausreichend trinkfest?"

„Auch das. Vor allem aber bin ich dieser zweifelhaften Ehre mehr als würdig. Seit Jahren hofiere ich das Obertrommelweib mit serviler Höflichkeit, entehrender Demut und verzehrender Sehnsucht. Aber dieser Unhold denkt nicht daran, mich einzuladen: mich, den Liebhaber des Ausseer Faschings, den furiosen Förderer, den vieledlen Spender."

„Ein unbestechlicher Mann eben, das Obertrommelweib."

„Stur und hartherzig nenne ich das!" Schiller war unvermutet stehengeblieben. „Sehen Sie, was ich sehe?"

„Weiß nicht. Was meinen Sie?"

„Da vorne, aus dem Riemergässchen winkt ein Damenarm, so recht nach meinem Geschmack!"

„Tatsächlich: Zarter Handschuh, Spitzentaschentuch! Das ist schon was für ältere Herren …"

Als die beiden näher kamen, verschwand der winkende Arm. Schiller spähte neugierig in die schmale Gasse und taumelte im gleichen Augenblick mit einem Schmerzensschrei zurück. „Ein Nasenstüber! So eine Bestie!"

Jetzt versuchte Käfer sein Glück. Offenbar war ihm die scheue Schönheit mehr gewogen. Eine zarte Hand griff nach seinem Rockärmel. Willig folgte Käfer seiner Entführerin, die nach wenigen Schritten, dicht ans Mauerwerk geschmiegt, stehenblieb. Sie war von zarter Gestalt, trug ein altmodisches, oben eng anliegendes Kleid mit langem, schwingenden Rock und einen reich geschmückten Hut. Käfer schaute in ein weiß geschminktes Gesicht mit Augenmaske. Der schwere Duft von Maiglöckchen wehte ihm entgegen. Sie kam ihm näher, drängte sich an ihn, und ihre Lippen berührten die seinen ganz leicht. Dann trat sie einen Schritt zurück, hob graziös ihre Hand und machte mit Daumen und Zeigefinger eine unangenehm deutliche Geste. Sie wollte also Geld haben, na gut. Und er wollte wissen, wie es weitergehen sollte. Verlegen schaute er sich um und nahm, ohne auf den Betrag zu achten, einen Schein aus der Brieftasche. Sie ergriff ihn, hob den Rocksaum hoch und höher, und schob dann das Geld hinter ein wahres Prunkstück von Strumpfband. Käfer, der das Inkasso fasziniert beobachtet hatte, spürte nun eine Hand im Nacken und einen Mund am Ohr.

„Dafür ist der Votta in Ischl nit aloan", flüsterte Anna, löste sich sanft von ihm und lief leichten Fußes davon.

„Maiglöckchenparfüm, widerlich!" Schiller betrachtete Käfer voller Neid. „Ich kann ja direkt von Glück reden, dass ich diesem olfaktorischen Sturmangriff entgangen bin. Na, und wie war es? Nur heraus mit der Sprache, liederlicher Wicht!"

„Was sich eben machen lässt in einer knappen Minute." Käfer grinste verschwörerisch. „Ach was! Die Anna hat mich wieder einmal zum Ziel für ihre abstrusen Andeutungen erkoren. Sie wissen ja: Köberl, Ischl, Ebensee ..."

Schiller wirkte animiert. „Ich biete Ihnen einen neuen Lösungsansatz, Herr Käfer. Sepp Köberl ist leider Damenkleider-Fetischist und tarnt diese unglückselige Neigung als volkskundliches Interesse an abgelegten Kurtisanen-Gewändern – daher auch Annas Hinweis. Christine Köberl hingegen, im Grunde ihres Herzens tief gedemütigt durch die Hingabe an einen Ausseer, versucht nun wenigstens ihre Tochter wieder unter die Ebenseer zu bringen, wie immer man das verstehen will."

„Als Rassist kenne ich Sie noch gar nicht, Herr Schiller."

„Sie verkennen mich. Ich dachte nur: Krause Rassenfantasien passen zu Herzmanovsky-Orlando, und der wiederum hängt im Klo des Hauses Köberl."

„Ach was. Schön langsam will ich nichts mehr hören davon. So, da ist mein Auto."

Eustach Schiller schaute angeregt in die Winterlandschaft. „So! Endlich verlassen wir diese Schlangengrube! Wissen Sie übrigens, Herr Käfer, dass die Ausseer nach Österreich fahren, wenn sie ihre Heimat über den Pötschenpass verlassen? Das hat natürlich historische Hintergründe. Das Ischlland stand lange unter der Ägide des Salzamtes, das dem Wiener Kaiserhaus verbunden war, während die Ausseer Salzverweser mit ihren Geldsäcken den steirischen Landesfürsten erfreuten. Der Umstand, dass in den verbohrten Gemütern hierzulande die alte Grenze noch immer gilt, ist mir nicht minder rätselhaft als jener biblische Hass, der Graz als Landeshauptstadt entgegengebracht wird. Aussee ist von feindlichem Ausland umgeben. Und dieser Kranz von Bergen hier zäunt die bösartige Enklave auch noch ein. Merken Sie auch schon, wie Ihnen mit jedem Kilometer Entfernung leichter ums Herz wird, teurer Freund?"

„Nein. Eher das Gegenteil ist der Fall."

„Ja denken Sie, mir geht es anders? Noch nie ward eine tiefe und aufrichtige Zuneigung so geschändet wie die meine. Aber umso herzlicher werden mich die Ebenseer in die Arme schließen."

„Meinen Sie wirklich? In Ihrer Gendarmerie-Uniform?"

Schiller zuckte zusammen. „Teufel! Das könnte natürlich einen latenten Hang zur Anarchie schlagend werden lassen. Aber das Leben ist nun einmal ein Abenteuer. Was wissen Sie über den Ebenseer Fasching, Herr Käfer?"

„Nicht allzu viel. Sepp Köberl und seine Christine haben mir ein wenig erzählt."

„Merkwürdiger Brauch, der Fetzenumzug, Sie werden Ihren Augen kaum trauen. Die Ausseer Trommelweiber sind dagegen ein Betriebsausflug von Kindermädchen."

„Aber sie wollten doch unbedingt dazugehören?"

„Eine unverzeihliche Schwäche, ein peinlicher Irrtum. Von den Ebenseer Fetzen war übrigens 1904 erstmals in der Salzkammergut-Zeitung zu lesen. Aber es gibt sie wohl sehr viel länger, wie ja auch der Fasching in Ebensee seit jeher hoch und unheilig gehalten wird. Stellen Sie sich das einmal vor: 1733 wollte das Verwesamt den Salinenarbeitern den freien Nachmittag am Dienstag streichen. Es kam zur Revolte! Die Leute haben lieber ihre einzige Existenzgrundlage riskiert und sich mit der übermächtigen Obrigkeit angelegt, als auf ihr Narrentreiben zu verzichten. Nun ja, und was die fantastischen Kostüme der

Fetzen angeht – Sie werden ja sehen –, neige ich durchaus zur Ansicht, dass die bettelarmen Ebenseer damit die Putzsucht betuchter Bürger und ihrer Frauen oder Mätressen verhöhnen wollten. Wie auch immer: Ich hatte kaum Schlaf heute Nacht. Es wird Sie doch nicht inkommodieren, wenn ich ein wenig davon nachhole? Sie wecken mich dann in Ebensee, ja?"

Am Ziel angekommen, suchte Käfer lange nach einem freien Parkplatz. Überall waren Menschen unterwegs. Schiller hatte seine Rolle als Gendarm neu definiert, Käfer verhaftet und mit Handschellen an sich gefesselt. Kundig führte er seinen Delinquenten zum Ortszentrum, wo sich an der Kaiserbrücke sehr viele Menschen drängten. Kein Zweifel: ein großes Ereignis bahnte sich an. Schiller löste hochherzig die stählernen Spangen. „Faschingsamnestie, Sie Glücklicher! Ich stürze mich jetzt ins Getümmel, Sie brauchen sich nicht mehr um mich zu kümmern."

„Und wie kommen Sie nach Hause?"

„Haben Sie nach Hause gesagt? Paah!" Schillers rechte Hand hob sich zur zornigen Geste.

Käfer versuchte sich ein wenig nach vor zu schieben, ohne den Ärger der anderen zu erwecken. Dann wandte er sich dem sachte ansteigenden, von alten Häusern gesäumten Langbathtal zu und wartete. Schon war aus einiger Entfernung Musik zu hören. So klang also der Ebenseer Faschingsmarsch!

Endlich wurden die ersten Fetzen sichtbar, über und über von bunten Stoffresten umflattert. Bald darauf war die ganze Horde da: Kinder vorerst, die *Pritschenmeister,* wie Käfer von Christine Köberl wusste, reitende Boten mit Pferde-Attrappen um die Hüften, Musikanten und dann Fetzen, Fetzen, Fetzen. Das Schauspiel war so ungezügelt und kraftvoll wie Käfer es auch in Aussee erlebt hatte – und doch ganz anders. Die Trommelweiber wirkten als fast schon bedrohliches Kollektiv. Die Fetzen hingegen zeigten grelles, höhnisches Aufbegehren, hemmungslose Vielfalt der Individualität. Die geschnitzten und bemalten Holzmasken vor den Gesichtern waren nicht symbolhaft starr, sondern verzerrten den Alltag variantenreich ins Groteske. Käfer erblickte bösen Biedersinn, hässliche Eitelkeit, grausamen Geiz, lächerliche Geilheit, plumpen Hochmut, kalte Schönheit, und, und ... der Strom wollte nicht enden. Endlich die Hüte! Nicht Hüte waren es, sondern Gestalt gewordene Hirngespinste, wüste Träume und gelebte Begierden. Aus einem Gewirr von Tüll, Samt und Spitzen wuchsen Blumengestecke und anderer krauser Zierrat, darüber schwebten ausgestopfte Vögel. Im Gegensatz zu den Ausseer Trommelweibern suchten einzelne Fetzen immer wieder Kontakt mit den Zuschauern, drohten spielerisch, provozierten, neckten. Hoffentlich dachte Sabine daran, auch in Ebensee zu fotografieren ...

Käfer schaute sich suchend um. Sabine sah er nicht, wohl aber, vielleicht hundert Meter entfernt, Christine und Sieglinde Köberl. Käfer rief und winkte, wurde von den beiden aber offenbar nicht bemerkt. Er drängte sich durch die Menge und beeilte sich dann gegen den Strom des Fetzenzuges talaufwärts voranzukommen. Zwischendurch hielt er wieder Ausschau und sah, dass die zwei Frauen nunmehr eiligen Schrittes auf einer schmalen Brücke über den Langbathbach unterwegs waren. Käfer musste also auf die andere Straßenseite gelangen und geriet damit in nicht allzu ernste, aber zeitraubende Konflikte mit Fetzen, die sich von ihm gestört sahen. Als er die Brücke erreicht hatte, waren Christine und Sieglinde nicht mehr zu sehen. Langsam ging er weiter. Käfer kannte sich nicht aus in

Ebensee, aber es war nicht schwer sich zurechtzufinden zwischen Kirche, Ufer, Berg und Traun. Zögernd wandte er sich talwärts, als ihm plötzlich ein vertrauter Geruch unangenehm deutlich in die Nase stieg: Pitralon. Käfer brauchte nicht lange nachzudenken – der Glatzkopf vor Köberls Haus!

Und da stand er auch schon, die muskulösen Arme verschränkt, und versperrte den Weg. Käfer war erschrocken, aber auch ärgerlich. „Was soll das?" Keine Antwort. „Eigenartiger Zufall, wie? Hat das vielleicht mit der Familie Köberl zu tun? Sagt Ihnen der Name Anna Hopfer was? Und ist der Herr stumm oder taub, oder beides?" Käfer sah ein Zucken im Gesicht seines Gegenübers. Das war aber auch die einzige Reaktion.

Verwirrt nahm Käfer wahr, dass sich nun in den Geruch des Rasierwassers Schnaps-Atem mischte. Jetzt erst bemerkte er, dass ein sichtlich angeheiterter Mann neben ihn getreten war, hagere Gestalt, hageres Gesicht, der Hut tief in die Stirn gezogen und auch noch schräg über das Ohr. Er hielt dem Glatzkopf grinsend eine geöffnete Schnapsflasche unter die Nase. Da kam Bewegung in die Szene. Ansatzlos schnellte ein tätowierter Arm hoch und traf das Handgelenk des Betrunkenen. Die Flasche fiel zu Boden und zerbrach. Unerwartet schnell und geschickt griff der Hagere nach einem Scherben und sprang auf den Glatzkopf zu, der ihn mit der rechten Hand stoppte, am Rockkragen packte und hochhob.

Käfer nutzte die Gelegenheit, seinen Weg fortzusetzen. Christine und Sieglinde Köberl konnte er allerdings nicht mehr finden.

16

Daniel Käfers Interesse an Ebenseer Folklore war abgekühlt. Er dachte auch mit einer gewissen Besorgnis an Eustach Schillers weiteres Schicksal. Ein närrischer Gendarm, melancholisch und aggressiv, unter Narren – ob das gut gehen konnte? Durchaus möglich andererseits, dass derartige Gestalten im Fasching besser ins Bild passten als ein nüchtern beobachtender Journalist. Und warum hatte ihm der Glatzkopf den Weg versperrt? Was hatte er mit der Familie Köberl zu tun? Was wusste Anna über ihn? Käfer hätte gerne mit ihr vernünftig darüber geredet, doch er hatte so seine Zweifel daran, ob sie etwas Vernünftiges zu sagen bereit war, in diesen unvernünftigen Tagen. Und dieser sture Bock von Sepp nebst seiner allzeit treuen Christine fing an, ihn zu ärgern. Aber dieses Mittagessen heute gehörte zu den Erinnerungen, die er nicht missen wollte.

Käfer ertappte sich dabei, es recht angenehm zu finden, in einem wohlig warmen Auto unterwegs zu sein und Musik aus teuren Lautsprechern zu hören – Mozarts Hornkonzert Nr. 4 in Es-Dur. Sah so seine Zukunft aus? Wohltemperiert, diskret instrumentiert, etabliert, alles in allem? Er versuchte mit einem Tritt aufs Gaspedal Trotz zu demonstrieren, doch die Elektronik verhinderte das Durchdrehen der Räder. Also auch noch diskret diszipliniert und gemaßregelt?

Wieder in Aussee stellte er das Auto vor dem alten Kurmittelhaus ab und hielt nach Sabine Ausschau. Noch immer zogen die Trommelweiber durch die Stadt, vielleicht noch schwereren Schrittes als am Vormittag, der Trommelschlag ein wenig schleppend, der Faschingsmarsch nicht mehr aufwiegelnd, sondern von elegischem Leichtsinn getragen. Sabine war nicht zu sehen. Ob sie in Ebensee fotografierte? Plötzlich empfand Käfer Angst. Nicht auszuschließen, dass sie es in ihrer euphorischen Stimmung noch einmal gewagt hatte, sich schon wieder allzu intensiv mit Ausseer Maschkera-Gruppen einzulassen. Nach wie vor ging es in den Lokalen hoch her, Käfer ließ keines aus, doch nirgendwo konnte er seine Freundin finden. Er ging durch die Seitengassen und durch den Kurpark, kehrte zu seinem Auto zurück und überlegte, ob er die Suche fahrend fortsetzen sollte. Langsam näherte er sich der Traun. Er kannte den Weg, der zum Ausseer Elektrizitätswerk führte und weiter zum Bahnhof. „Schaut diesen Eigenbrötlern ähnlich", überlegte er, „Privatstrom anstelle staatlicher Energieversorgung." Bald war eine Brücke erreicht. Käfer blieb ein paar Sekunden stehen und schaute ins klare Wasser, das hier ein hölzernes Stauwerk überströmte. Wenige Meter weiter zwang eine hohe Geländekante die Traun in eine starke Krümmung, und eine zweite Brücke überspannte den kleinen Fluss.

Als sich Käfer dem anderen Ufer näherte, sah er eine Gestalt, die durchaus Sabine sein konnte. Er ging schneller, erkannte sie tatsächlich und rief ihren Namen. Sabines Kopf fuhr herum, ihr Gesicht starrte ihm erschrocken entgegen. „Wie kommst du hier her, Daniel?"

„Ich habe dich überall gesucht." Jetzt stand er neben ihr und sah, dass sie nicht allein war. Vor ihren Füßen lag Hubert Schlömmer leblos im Schnee, der neben seinem Kopf rot gefärbt war.

„Sabine, um Himmels willen! Was ist passiert?"

„Später, Daniel. Er braucht sofort Hilfe." Sie suchte nervös nach dem Handy. „Wo ruf ich jetzt bloß an?"

„Nirgends." Hubert Schlömmer hatte die Augen geöffnet und tastete nach seiner Kopfwunde. Dann stand er ächzend auf und grinste. „Selber schuld. Ich geh mir das nähen lassen. Wenn der Doktor Musek zu Haus ist und nicht rauschig."

Hubert tippte an seinen Hut, der erstaunlicherweise noch immer auf dem Kopf saß, und entfernte sich langsam. Sabine schaute ihm nach. „Du glaubst, wir können ihn einfach so gehen lassen, Daniel?"

„Die Frage stellt sich nicht. Der tut, was er will. Und was war jetzt?"

„Wir haben einander gegen Mittag getroffen. Er ist vorzeitig weg von den Trommelweibern, ausnahmsweise und mir zuliebe. Die Maria hat das Kostüm und die Trommel mit dem Auto abgeholt, und der Hubert und ich sind durch den Ort gezogen. War nett, und er hat mir wirklich geholfen, mit Hintergrundinformationen und so. Und dann wollte er mit mir noch einen ganz alten Musikanten und Faschingsbriefschreiber besuchen, der an der Bahnhofspromenade wohnt und nicht mehr aus dem Haus kann. Aber dazu ist es nicht mehr gekommen. Hier, wo wir stehen, hat er mich plötzlich geküsst."

„Frechheit. Aber deswegen gleich ..."

„Deswegen nicht, Daniel. Hätte ihn die wilde Leidenschaft getrieben, mein Gott ja, so ein Mannsbild. Und der Versuch, zärtlich zu werden, wäre ihm vielleicht auch gerade noch gegönnt gewesen."

„Sabine!"

„Tu nicht so. Aber der Kerl hat mich behandelt wie ein erlegtes Stück Wild, dem er den letzten Bissen ins Maul steckt. Da habe ich mit der Hasselblad zugeschlagen. Hält was aus, die Kamera."

„Man muss sich ja fürchten vor dir, Sabine!"

„Unter gewissen Umständen ja. Gehen wir zurück in die Stadt? Ich will noch weiter arbeiten. Und du?"

„Weiß nicht …, ich hab ein ungutes Gefühl mit der Familie Köberl. Vielleicht ist er schon aus Ischl zurück. Wär doch gelacht, wenn ich ihn nicht dazu brächte, endlich den Mund aufzumachen. Du …, Sabine …?"

„Ja?"

„Wie wirst du weiter umgehen mit dem Hubert?"

„Wie immer. Jetzt weiß er ja, wann's kracht."

Käfer ging den vertrauten Weg zu Fuß. Seiner Sorge um Sabine ledig und ihrer Wehrhaftigkeit gewiss, war er bereit, leichten Sinnes eine neue Herausforderung anzunehmen und einem Freund zu helfen, dem angeblich nicht zu helfen war. Christine und ihre Tochter würden nicht so bald aus Ebensee zurückkommen, und vielleicht war der Sepp allein zugänglicher, so von Mann zu Mann … Was ihn wohl wirklich nach Ischl zog? Annas Anspielungen waren eher dazu geeignet, Käfer noch mehr zu verwirren, und Schillers skurrile Interpretationen reichten nicht einmal dafür aus. Andererseits: er hatte es in seiner Journalistenlaufbahn immer wieder erlebt, dass die Wirklichkeit dem Aberwitz oft näher lag als der Vernunft.

Es war dunkel, als Käfer am späten Nachmittag Köberls Haus erreichte. Die Fenster waren dunkel. Trotzdem ging er zur Tür, klopfte und versuchte vergeblich, sie zu öffnen. Er wollte aufgeben, als ihn ein lautes Krachen erschreckte, das von der Rückseite des Hauses kam. Er ging nach hinten und sah Sepp Köberl, der mit nacktem Oberkörper im matten Schein einer Wandleuchte wie besessen Holz hackte. Eigentlich hackte der Sepp nicht, er drosch auf die großen Scheiter ein, als wolle er sie mit einem Schlag in viele kleine Stücke zertrümmern. Käfer wagte es nicht, sich bemerkbar zu machen. Köberl schien nicht müde zu werden, im Gegenteil, immer heftiger fuhr die Hacke nieder. Dann aber ließ er doch einmal schwer atmend das Werkzeug sinken, rieb sich mit Schnee ab, hob den Kopf und erblickte seinen Besucher, Wut und Hilflosigkeit im Gesicht. Köberl warf die Hacke gegen die Holzwand des Hauses, wo sie stecken blieb. Er ließ die Schultern hängen, ging mit müden Schritten auf Käfer zu, schob ihn schweigend beiseite und verschwand im Haus.

Daniel Käfer wagte es nicht, ihm zu folgen. Den Kopf voll trüber Gedanken ging er zu seinem Auto. Sein Erlebnishunger war, was diesen Montag betraf, mehr als gestillt. Sabine würde bestimmt noch bis spät in den Abend hinein arbeiten, aber Käfer hatte keine Lust, sie zu begleiten. Also ein ruhiger Abschluss in Maria Schlömmers Küche? Ja, das war eine gute Idee, eine sehr gute sogar.

Käfer war kaum im Haus, als er schon Maria Schlömmers Stimme hörte, und sie klang anders als sonst. Die Küchentür stand offen, leise trat er näher und wagte einen Blick hinein. Am Tisch saßen Hubert Schlömmer und seine Frau. Er trug zwar seinen Hut, doch an der rechten Schläfe waren deutlich eine ausrasierte Fläche und ein großes Pflaster zu sehen. Maria Schlömmer trank einen Schluck Schnaps, betrachtete ihr Gegenüber eine Weile stumm, dann stellte sie das Glas hart auf den Tisch. „Ein geiler Bock warst immer, Hubert, aber das hab ich dir gründlich heimgezahlt. Ich glaub, du hast sogar was gut bei mir."

Er hob den Kopf mit einem kurzen Ruck, warf seiner Frau einen schwer zu deutenden Blick zu und betrachtete dann wieder die Tischplatte.

„Die Sabine und der Daniel sind Freunde von uns. Gehst du so mit Freunden um?"

Hubert antwortete mit einem angedeuteten Schulterzucken.

„Und was ist eigentlich eine Frau für dich? Ein Brocken Fleisch, den du frisst, wennst Hunger hast?"

Hubert kratzte mit dem Zeigefinger an seiner Oberlippe.

Maria Schlömmer war aufgestanden. „Das Hirn im Schwanz, wie?" Sie hatte geschrien. Ihr Mann rückte sich unbehaglich zurecht und erweckte den Eindruck, als versuche er kleiner zu werden.

Maria Schlömmer war dicht an ihn herangetreten. „Jetzt frag ich dich einmal, du geistig zurückgebliebener Neandertaler: Geht irgendwas vor hinter deiner fliehenden Stirn, irgendwas?"

Gut möglich, dass Hubert Schlömmer über diese Frage nachdachte. Er kam aber zu keinem Ergebnis, wenigstens zu keinem, das er seiner Frau mitteilen wollte.

Sie hatte sich ein paar Schritte von ihm entfernt. „Ja ja, Hubert!" Ihre Stimme war sanft geworden. „Da sitzt du, geduldig wie Schaf, wenn auch nicht so g'scheit wie ein Schaf, und glaubst, irgendwann hört sie auf. Recht hast."

Sie ging auf ihn zu, nahm ihm den Hut vom Kopf, ging zum Herd, öffnete die Platte und ließ ohne Hast den edlen Filz ins Feuer fallen.

Hubert Schlömmer sprang zornig auf. Seine Frau betrachtete ihn nachdenklich. „Gehst jetzt los auf mich, Feigling?"

Er nahm wieder Platz, starrte vor sich hin und befühlte mit der Hand sein geschändetes Haupt.

Jetzt erst bemerkte Maria Schlömmer, dass Daniel Käfer gekommen war. Mit einer knappen Kopfbewegung schickte sie ihn nach oben ins Zimmer.

Käfer wusste nichts Rechtes mit sich anzufangen. Er öffnete das Fenster, schaute in den Abend hinaus, schloss das Fenster, wanderte durchs Zimmer, begann zu lesen, ließ es bleiben und saß dann einfach da. Er war richtig erleichtert, als er Marias Stimme hörte. „Telefon, Daniel! Der Herr Puntigam!"

„Ja, Käfer."

„Ich habe nicht erwartet, dich zu erreichen, alter Uhu. Dein Platz ist unter den Narren, mein Lieber!"

„Heute nicht mehr, Bruno, mir reicht's."

„Was macht mein spezieller Freund Henning Mertens?"

„Ist plötzlich abgereist. Nach Frankfurt, glaub ich."

„So, glaubst du. Der Oberbürgermeister wird ihm die Schlüssel der Stadt überreichen und weiß gekleidete Jungfern werden Gedichte aufsagen."

„Keine Ahnung, was er will."

„Das nenn ich eine korrekte Beziehung zu einem wichtigen Mitarbeiter. Und wie geht's dir, mein unersetzlicher Kreativling?"

„Ich hab ein gutes Gefühl, dieses Kapitel im Salzkammergut-Buch betreffend. Und die Sabine ist nach anfänglichen Schwierigkeiten offenbar triumphal unterwegs."

„Nicht nur schlechte Nachrichten sind gute Nachrichten, das sag ich immer. Wie fährt sich dein neues Auto?"

„Fast schon langweilig luxuriös."

„Man gewöhnt sich an alles. Hast du eigentlich gelegentlich darüber nachgedacht, wo und wie du wohnen willst? Wir hätten ein schnuckeliges Penthouse in Hamburg bei der Hand. Alsterblick, was sonst."

„Ist doch nicht so wichtig im Moment, oder?"

„Nein, aber es macht immer Freude, die angenehmen Seiten des Lebens ins Auge zu fassen, wenn's auch nicht so angenehme gibt."

„Welche, zum Beispiel?"

„Weiß ich doch nicht. Na ja, vielleicht doch. Daniel, ganz unter uns: da läuft was gegen dich, im Konzern. Noch weiß ich nichts Genaueres. Aber ich habe mir gedacht, eine Warnung bin ich dir schuldig, als Freund und Kollege."

„Danke jedenfalls. Soll ich irgendwas unternehmen?"

„Nichts. Kühlen Kopf bewahren. Und bald bin ich ja wieder bei dir, armer kleiner Bub."

„Sehr schön."

„Nicht wahr?"

17

Maria Schlömmer war neugierig neben Daniel Käfer stehen geblieben. „Gibt's Probleme?"

„Ja, schaut so aus."

„Fängt gut an, dein neuer Beruf."

„Weißt du, Maria, irgendwie bin ich beruhigt. Bis jetzt ist alles viel zu glatt gelaufen für meinen Geschmack. Endlich bekommt die Sache Bodenhaftung. Kann nie schaden."

„Darauf trinken wir was."

Daniel Käfer nahm wohlig aufseufzend seinen Lieblingsplatz am Küchentisch ein. „Wahrscheinlich werd ich nach Hamburg ziehen müssen. Ich frage mich wirklich, wie ich durchs Leben kommen soll ohne dich und deine Küche – in dieser Reihenfolge. Wo ist der Hubert?"

„Nicht wo er hingehört. Dann wär er nämlich woanders. Wie geht's der Sabine?"

„Gut, nach ihrer schlagfertigen Antwort. Und ich bin sehr neugierig auf die Fotos. Wenigstens die digitalen können wir uns ja gleich anschauen."

„Gehts halt in unser Schlafzimmer."

„Warum, Maria?"

„Da ist der Fernseher."

Sabine stellte erleichtert ihre schwere Fototasche auf den Boden. „Es hätte sich gelohnt, die Nacht durchzuarbeiten. Aber irgendwann war's vorbei mit meiner Kraft."

„Bewundernswert, wie lange du durchgehalten hast!"

„Hat Freude gemacht, endlich. Das hilft." Sie schaute sich um. „Ein französisches Bett im Bauernhaus, ich muss schon sagen!"

„Du hättest Maria und Mertens bei ihrer Turnübung sehen sollen!"

„Es entgeht einem so vieles, Daniel. Weißt du, dass ich keine Zeile von diesem – wie war das doch gleich – Kamasutra kenne?"

„Eine bedauerliche Bildungslücke. Ich habe schon als pubertierender Jüngling den Unterschied zwischen Nimitaka, Sfuritaka und Ghattitaka gewusst."

„Nämlich?"

„Der einfache Kuss, der zitternde Kuss und der berührende Kuss."

„Sfuritaka, bitte."

Daniel Käfer gab sich wirklich Mühe. Sabine strich nachdenklich mit der Spitze ihres Zeigefingers über seine Lippen. „Vielleicht sollte ich mehr lesen, vor allem solche Sachen."

„Ein viel versprechender Vorsatz. Aber jetzt will ich Bilder sehen."

„Und? Was sagst du?"

„Ich bin sprachlos, Sabine."

„Jetzt übertreib nicht."

„Als Fotograf bin ich bestenfalls ein ambitionierter Amateur. Aber ich habe es in vielen Berufsjahren gelernt, Bilder zu beurteilen. Und glaub mir, es gibt kaum einen großen Namen in der Branche, mit dem ich noch nicht zu tun gehabt hätte. Was du mir da vorlegst, ist schlichtweg atemberaubend. Kraft, Intensität, persönliche Note …"

„die Verzweiflung …"

„Was auch immer. Dass du gut bist, habe ich gewusst. Heute bist du über dich hinausgewachsen."

„Danke."

„Nichts zu danken. Ich halte mich einfach an die Tatsachen."

„Wenn das so ist …" Sabine senkte den Kopf. „Wie ist es dir heute ergangen?"

„Gut. Aber der liebe Eustach Schiller benimmt sich nach wie vor sehr seltsam, und die Probleme des armen Sepp Köberl dürften sich zuspitzen. Mit Christine Köberl habe ich hingegen bei einem sehr angenehmen Mittagessen das Du-Wort ausgetauscht."

„Ich sag's ja immer: Es ist ein Fehler, dich allein zu lassen."

„Ja, und noch was: Puntigam hat angerufen. Meine junge Karriere scheint bereits einen Knick zu haben."

„Was sagst du da?"

„Was ich sage. Er weiß noch nichts Genaueres. Also abwarten …"

„Nimm's nur nicht zu leicht!"

„Zu schwer aber auch nicht. Hast du schon was Ordentliches gegessen heute?"

„Nein, und du, Daniel?"

„Am Abend noch nicht. Aber die Maria ist weggefahren, kommt erst irgendwann in der Nacht wieder, hat sie gesagt. Na, dann plündern wir eben ihren Kühlschrank."

Diesmal ließ es sich Käfer nicht nehmen, die Fototasche zu tragen.

„Willkommen im Gasthaus Schlömmer, Sabine! Also, was haben wir da Schönes … Rindsuppe?"

„Nein, danke. Erinnert mich an gestern Nacht."

„Und das da dürfte Schmalz sein – oder Marias Schönheitscreme. Na, und wie wär's mit Eiern von garantiert grippefreien Hühnern? Mit Speck?"

„Einverstanden."

Der Duft von gebratenem Speck füllte die Küche, als Käfer die schwere Eisenpfanne auf den Tisch stellte. „Habe ich schon erwähnt, dass an mir ein berühmter Koch verloren gegangen ist, weil ich die Laufbahn eines armen Zeilenschinders vorgezogen habe?"

Sabine hob eine ansehnliche Portion auf ihren Teller. „Meine Worte! Heim und Herd sind das Reich des Mannes. Mahlzeit, Daniel, und danke! He, du …"

„Was ist?"

„Dein Gesicht …, irgendwie verklärt."

„Ja weißt du, es ist eigenartig. Wir sitzen einfach in der Küche beisammen und essen miteinander, ganz selbstverständlich miteinander, als ob das alltäglich wäre."

„Ist es aber nicht. Dafür sorgt unser Berufsleben."

„Aber öfter könnte es schon vorkommen?"

„Keine Sentimentalitäten, mein Lieber, dafür bin ich zu müde."

„Ich habe eher an einen guten Vorsatz gedacht."

„Auch anstrengend."

„Aber wohlfühlen darf ich mich, in deiner Nähe?"

„Wenn's keine Umstände macht …"

„Darf's ein Kaffee sein, Sabine?"

„Um Himmels willen, nein. Ich werde mir doch nicht meine schöne Schläfrigkeit vertreiben."

„Es ist noch nicht einmal acht Uhr."

„So?"

Käfer beugte sich vor und griff nach Sabines Händen. „Kannst du dich an unser erstes Zusammentreffen erinnern?

„Ja."

„Und?"

„Der noch recht jugendliche Herr Käfer, damals schon Redakteur beim *IQ* in München, hat sich nicht entblödet bei einem Schönheitswettbewerb unter dem Motto *sexy intelligence* als Juror mitzuwirken."

„Na und? Du hast ja auch mitgemacht."

„Als Fotografin, nicht als unehrenamtlicher Voyeur. Jedenfalls habe ich dich am Ende der peinlichen Veranstaltung recht deutlich zurechtgewiesen."

„Und ich weiß heute noch wie: *Die Damen sind gegangen. Sie dürfen Ihre Erektion wieder abklingen lassen, Sie intellektueller Geilspecht.* Ist aber irgendwie dumm gelaufen, dein Frontalangriff, liebste Sabine. Jedenfalls hat diese Zurechtweisung bis zum Frühstück gedauert."

„Pension Edelweiß. Blaue Plastikeierbecher und gelbe Löffelchen. Sag, du hättest dir doch auch was anderes leisten können?"

„Ich wollte deine Leidensfähigkeit testen. Im Ernst: Ich hatte gehofft, du würdest es so sympathisch finden wie ich."

„Hab ich doch. Aber noch etwas, wenn wir gerade so gemütlich darüber reden: Warum hast du mich damals nicht mit nach Hause genommen? Die Wohnung in der Luitpoldstraße gab's doch schon, oder?"

„Ja, die hat's gegeben. Nur war da noch jemand zu Hause. Nicht mehr richtig, so gut wie gar nicht mehr, aber doch."

„Daniel! Abgründe tun sich auf!"

„Du bist eben wie ein Blitzstrahl in mein Leben gekommen, Sabine. Da blieb keine Zeit für vorhergehende Flurbereinigung."

„Blitzstrahl! Geht's auch weniger abgegriffen?"

„Doch, sogar mit Spontanpoesie. Hab ich dir damals heimlich in die Handtasche geschoben: Mein Regen schmeckt nach Dir / mein Haus hat Deine Fenster / mein Spiegel Deine Augen / mein Lied hat Deine Stimme."

Sabine griff nach der Fototasche, die neben ihr auf dem Boden stand, kramte eine Weile und holte einen kleinen, sichtlich abgegriffenen Zettel hervor. „Und wenn du jetzt lachst oder auch nur grinst, Daniel, bist du ein toter Mann."

Er senkte den Kopf und schwieg.

„Reden darfst du aber, mein Lieber."

„Und wenn mir die Worte fehlen?"

„Sagt das auch eine ganze Menge. – Wer wäscht ab?"

„Ich natürlich."

„So, fertig!" Daniel Käfer trocknete die Hände mit dem Geschirrtuch. „Darf ich noch etwas für dich tun, Sabine? Ich könnte dich einmal rund ums Haus tragen. Oder dreimal rund um die Welt."

„Weder noch, Daniel. Du weißt ja gar nicht, wie kaputt ich bin." Er trat hinter sie und massierte sanft ihre angespannten Schultermuskeln. „Doch, weiß ich. Aber wenn du jetzt schon ins Bett gehst, wirst du mitten in der Nacht munter und kannst nicht mehr einschlafen, nervös und erschöpft, wie du bist. Außerdem träumst du schlecht, so kurz nach dem Essen."

„Hör auf, mich zu bemuttern. Du bist ein Mann, Daniel."

„Weiß ich." Er küsste sie.

„Prinz bist du aber keiner, und es gibt weit und breit keine schlafende Prinzessin. Es wird dir also nicht gelingen, mich wach zu küssen."

„Schade, wirklich schade. Wo mir doch der Sinn nach einer ausführlichen Orgie stünde. Aber aufgeschoben ist nicht aufgehoben. Morgen wirst du es übrigens leichter haben. Deine wichtigsten Motive findest du erst am Nachmittag, wenn die Flinserln kommen."

Sabine gähnte. „Beruhigend. Und der Kinder-Maskenzug am Vormittag?"

„Bunt, sympathisch, lustig, aber nicht typisch für das Salzkammergut. Hat mir jedenfalls der Sepp Köberl erklärt, und der kennt sich aus. Und der Nachmittag gehört ja auch den Kindern. Du kannst wirklich ausschlafen. Übrigens werden sich morgen auch ein paar Fetzen aus Ebensee ins Ausseer Getümmel mischen. Wie hat sie dir denn gefallen, die Welt jenseits des Pötschenpasses?"

„Über Ebensee kann ich nicht viel sagen, die Zeit hat gedrängt, und ich war auf die Fetzen konzentriert. Die könnten für sich allein einen Bildband füllen! Da sieht man erst, was das ganze Jahr über an wilder Fantasie in den Köpfen verborgen bleibt. Der ganze Fasching hierzulande erschreckt mich irgendwie, Daniel. Bist du sicher, dass nicht der Teufel die Nacht über den Dachstein mit dem Blocksberg vertauscht, damit die Hexen ihren höllischen Tanzboden haben?"

„Wird so sein. Gehn wir vors Haus nachschauen?"

„Es ist stockfinster."

„Hat du Angst? Ich bin ja bei dir."

„Das ist es eben. Du willst mich einfach nicht schlafen lassen."

„Doch, bald. Ich frage mich, was dieser Mertens in Frankfurt treibt."

„Deine Gedankensprünge haben etwas Akrobatisches, lieber Daniel. An deiner Stelle wär ich froh, ihn vom Hals zu haben. Abgesehen davon zeigt er immerhin Initiative, statt manisch depressiv durchs Leben zu taumeln. Und in Frankfurt hat er jahrelang gearbeitet, sehr erfolgreich und in leitenden Positionen."

„Wem sagst du das. Aber gibt's denn, verdammt noch einmal, keinen Menschen, der mir einfach sagt, was los ist, statt sich in Rätsel zu hüllen?"

„Doch, diesen Menschen gibt es: mich. – Ich bin nahe dran vom Sessel zu kippen. Also gehe ich schlafen. Jetzt."

„Ich komme mit!"

„Warum? Du bist ja noch gar nicht müde?"

„In deinem Zustand kann ich dich nicht ohne Aufsicht lassen. Du könntest in der Badewanne einschlafen und jämmerlich ertrinken. Oder du erreichst das rettende Bett nicht mehr, nächtigst viel zu leicht bekleidet auf dem kalten Fußboden und holst dir den Tod."

„Kindskopf."

„Ich will dir auch noch eine Gute-Nacht-Geschichte erzählen, damit du besser einschläfst."

Sabine blieb in der Zimmertür stehen und legte den Kopf an seine Brust. „Das tust du schon den ganzen Abend, Daniel. Warum noch eine?"

„Weil ich dich nicht loslassen will. Noch nicht. Schlimm?"

„Nein."

Feierlich ließ sich Daniel Käfer auf der Bettkante nieder. „So höre denn, Liebes. Es war einmal ein Jüngling, der liebte ein Mädchen. So schön und klug war diese junge Frau, dass die Weisesten der Weisen fragend zu ihren Füßen lagen, die Könige schwenkten huldvoll grüßend ihre Kronen und neigten die bloßen Häupter. Die Heiligen suchten ihr Heil in ihr und die Sünder beteten sie an. Eines Tages nahm der Jüngling seinen ganzen Mut zusammen und fragte, ob sie für immer bei ihm bleiben wolle. Weiß nicht, gab sie zur Antwort, frag mich doch wieder, bei Gelegenheit. Der Jüngling hatte dann viel zu tun. Er musste einen Drachen erschlagen, die sieben Weltmeere befahren, die blaue Blume brechen und den Mietzins bezahlen. Als er wieder zu ihr kam, hatte er graue Fäden in seinen Gedanken, müde Lichter in den Augen und Hände wie welkes Laub. Jetzt frage ich dich wieder, flüsterte er. Antworte schnell. Mir bleibt nur noch eine Sekunde. – Und? Was ist?" fragte Daniel Käfer. Aber Sabine war eingeschlafen.

18

Käfer zupfte die Bettdecke zurecht und beschloss, die Leier ein andermal wieder zu schlagen. Doch wohin mit dieser jungen Nacht? Er ging zurück in die Küche. Da war noch eine Ahnung von Speck und Ei in der Luft, und die Stille hatte viel zu erzählen. Käfer mochte solche Räume. In München war er oft in der Redaktion geblieben, wenn die anderen gegangen waren, hatte schweigend Sätze zu Ende geredet und Gedanken an Gedanken geknüpft. So manche Antwort, vordem verschüttet von verbalem Gerümpel, lag dann einfach da, Bruchstücke fügten sich zu Bildern.

Und auch jetzt gestand sich Daniel Käfer ein, dass er sehr gerne allein hier saß. Noch kurz zuvor hatte er diesen schändlichen Morpheus zum Teufel gewünscht, weil er Sabine so gebieterisch in seine Arme zog. Aber hier in der Küche konnte er ungestört Erinnerungen nachhängen, sie ausschmücken, mit neuen Farben malen. Es war ihm gestattet, sündhaften Fantasien nachzuhängen, begehrlichen Visionen und maßlosen Plänen. Sogar ein kleiner

Seitensprung war widerspruchslos geduldet. Käfer erhitzte Wasser, goss Tee auf, fügte nicht wenig Rum und Zucker hinzu und dachte an Christine Köberl. Ob der Sepp wusste, was er an seiner Frau hatte? Oh doch, das wusste er. Die zwei waren ein Liebespaar. Doch diese merkwürdige Angst vor dem Aschermittwoch, der Wunsch, darüber zu reden, die Scheu davor, etwas dabei zu verraten, und dann noch Gerüchte und Geschwätz … Käfer spürte Unbehagen in sich aufsteigen. Der Mittwoch sollte ja auch ein konkretes Gespräch mit Bruno Puntigam bringen, und ob das Ergebnis ein erfreuliches sein würde, war neuerdings nicht mehr so gewiss. Ja, und die gemeinsame Arbeit mit Sabine war dann fürs Erste beendet. Penthouse in Hamburg statt Bauernhaus in Sarstein. Käfer trank die Tasse leer. Plötzlich fühlte er sich in dieser Küche allein gelassen und fehl am Platze.

Also gut, dann eben ein Abendspaziergang, eine Ehrenrunde sozusagen für diesen bemerkenswerten Tag. Von sentimentalem Trotz ergriffen, schlüpfte Käfer in Sabines Parka und trat vor das Haus. Die Nacht war sternenklar, eisig kalt, doch windstill. Hier in Sarstein war alles ruhig, keine Spur von Narrentreiben. Sogar das nahe Gasthaus *Zum Ech* blieb Montag geschlossen, weil Anna wie auch ihr Vater im Fasching Besseres zu tun hatte, als sich um Gäste zu kümmern. Käfer brachte den zum Hotel Wasnerin ansteigenden Weg hinter sich, atmete ein wenig schneller und spürte die Kälte nicht mehr. Auch die schlechte Laune war verflogen. Er hatte Lust darauf, noch irgendetwas zu erleben und ging entschlossen auf die kleine Stadt zu.

Nach einer guten halben Stunde war er am Ziel. Die Trommelweiber hatten wohl längst ihren Umzug beendet, doch nach wie vor waren Maschkera-Gruppen unterwegs. Daniel Käfer zog von Lokal zu Lokal. Er verfolgte mit angemessener Heiterkeit die Versuche einer Maurerpartie, mit Mörtel und Kelle Damenkosmetik zu betreiben, entkam mit knapper Not dem Zangenangriff animiert kreischender Hetären, wurde genötigt, mit kühnen Alpinisten auf einem Schneehaufen im Kurpark den Gipfelsieg zu feiern und konnte nur mit Mühe eine Kochtopf-bewehrte Kannibalen-Gruppe von seiner Ungenießbarkeit überzeugen.

„Daniel! Her da mit dir!"

Käfer war gerade dabei, im Gasthaus *Zur Sonne* ein Bier an der Schank zu trinken, als er Maria Schlömmers Stimme hörte. Er schaute sich suchend um und erblickte die Bäuerin in einer Runde von altmodischen Ringern in gestreiften Trikots, mächtige Schnurrbärte vor den Gesichtern, das Haar mit Pomade nachhaltig fixiert. Merkwürdigerweise intonierten die starken Männer soeben ein Kärntner Volkslied. Als Käfer zum Tisch kam, setzten sie zu einem inbrünstigen Schlussakkord an und rückten enger zusammen, damit er einen Sessel neben den von Maria zwängen konnte. „Das ist er!", sagte sie triumphierend und fügte erklärend hinzu: „Ich hab alles von dir erzählt, Daniel. Und natürlich vom Henning."

„Wirklich alles?"

„Ein bissl mehr. Die da vertragen was." Die Turner nickten synchron und stimmten ein weiteres Lied an, nicht minder betörend als das vorherige. „Je größer der Rausch, desto mehr Gefühl." Maria hob ihr Glas. „Wo treibt's dich noch hin heute?"

„Bald einmal nach Haus, denk ich, war ein langer Tag." Käfer kämpfte mit erhobener Stimme gegen den Chorgesang an. „Und du?"

„Bis ich halt ins Bett find. Muss ja nicht das eigene sein."

„Maria!"

„Ist was?"

„Aber nein. Ich geh dann wieder."

Käfer atmete auf, als er die frische Winterluft spürte. Auf der Straße war es relativ ruhig. Gemächlich ging er weiter. Er bog in das steil ansteigende Riemergässchen ein, wo er Anna zuletzt gesehen hatte, erreichte den Chlumetzkyplatz und schaute vor dem wuchtigen Gebäude des Kammerhofes zum kleinen Turm hinauf, in dem er doch tatsächlich Licht sah. Entweder machte der von ihm sehr geschätzte Redakteur der *Alpenpost* Überstunden oder er kam nach eigenen närrischen Umtrieben erst jetzt zum Arbeiten. Dann führte ihn sein nächtlicher Spaziergang hinunter zur Grundlseer Traun und weiter zur Pfarrkirche. Vor dem Gasthaus *Zur Traube* blieb er stehen. In den Fenstern war Licht, Käfer hörte ein paar wehmütige Takte Faschingsmarsch und schaute neugierig durch das Tor. Der Raum dahinter war bis zum Gewölbe hinauf mit einem wahren Gebirge von Trommeln gefüllt. Käfer empfand sich als Eindringling und wollte schon wieder gehen, als er seinen Namen hörte. Ein Trommelweib ohne Maske stand in der Tür zur Gaststube und forderte ihn mit einer knappen Kopfbewegung auf einzutreten.

„Sie kennen mich?"

„Wer nicht? Kommen S' nur weiter. Der Hubert ist auch wieder da."

Jetzt sah sich Käfer einer unüberschaubaren Menge von Trommelweibern gegenüber. Das ganze weitläufige Wirtshaus war voll von wohlig ermatteten, weiß gekleideten Gestalten, die keine Masken mehr trugen. Sie aßen und tranken gemächlich, ließen hin und wieder ihren würdevollen Rausch in die Musik gleiten, elegisch oder hitzig improvisierend und dann doch wieder in schwergefügter Ordnung und Harmonie.

Käfer stand an der Schank und sah Hubert Schlömmer auf sich zukommen, der sein Kostüm ja am frühen Nachmittag abgelegt hatte. „Grüß dich, Hubert. Ich bin direkt erleichtert, nicht als einziger Zivilist hier zu stehen."

„Wir haben noch einen." Schlömmer zeigte auf eine entfernte Ecke des Saales. Erst jetzt bemerkte Käfer, dass dort eine rundliche Gestalt saß und offenbar schlief: altmodisch gekleidet, mit einem spitzen Hut auf dem Kopf.

„Der Schiller. Rauschig."

„Also hat er doch noch irgendwie Frieden geschlossen mit euch Trommelweibern? Und was ist das für ein Kostüm?"

„Keine Ahnung."

Schlömmer wandte sich ab und ging zu seinem Tisch zurück. Vielleicht brachte ihn die Nähe Daniel Käfers in Verlegenheit.

Nach und nach machte sich die Ermattung am Ende eines harten Tages ja bemerkbar. Immer mehr Trommelweiber brachen zum Heimweg auf, doch eine Handvoll blieb und würde wohl noch lange bleiben. Auch Käfer wollte gehen. Zuvor aber trat er noch auf Schiller zu und betrachtete ihn nachdenklich. Der schlafende Mann machte einen merkwürdig starren Eindruck. Käfer gab ihm einen leisen Stoß. „He, Herr Schiller! Aufwachen, es ist Zeit zum Schlafengehen!" Dann sah er Hubert Schlömmer neben sich, der dem Reglosen eine leichte Ohrfeige gab. Keine Reaktion. „Auweh. Der hat zu viel erwischt."

„Alkoholvergiftung, Hubert? Ja …, aber dann muss ein Arzt her!"

Schlömmer zuckte mit den Schultern. Eines der Trommelweiber holte ein Handy hervor und begann zu telefonieren. Erst ein paar vergebliche Anrufe, dann ein Nicken. „Der Dr. Fischer kommt. Freud hat er keine."

Es dauerte kaum zehn Minuten, bis der Arzt eintraf. Er warf einen kurzen Blick auf Schiller. Dann zog er ihm Jacke und Hemd aus, bettete ihn in Seitenlage auf den Boden. „Nasses Handtuch!" Nach ein paar Minuten richtete er sich auf. „So. Wach ist er. Zucker und Puls passt. Ich geb ihm noch eine Injektion für den Kreislauf. Ins Spital muss er nicht, glaub ich. Und die brauchen jedes Bett. Aber allein sollte man ihn nicht lassen. Es gibt ja Zimmer in der Traube. Kann jemand bei ihm bleiben?"

„Ja, ich, meinetwegen!"

„Das nenn ich wahre Freundschaft, Herr Käfer. Reden S' ihm gut zu. Er wird zittern und nervös sein. Und beim Erbrechen sollt er halt nicht ersticken. Vielleicht hat er Halluzinationen. Sie wissen ja: weiße Mäuse oder andere herzige Viecher. Wenn Sie den Eindruck haben, dass es nicht besser, sondern schlechter wird mit ihm, rufen Sie mich an. Dann muss er ja doch zur Entgiftung. Alles klar?"

Käfer nickte, der Arzt ging eilig davon.

Zwei Trommelweiber trugen Schiller einen Stock höher und legten ihn aufs Bett. Er redete wirr und litt offenbar Höllenqualen. Daniel Käfer tat, was er konnte, umsorgte seinen Schützling, versuchte ihn zu beruhigen, erzählte ihm lange Geschichten und verbarg so gut es ging seine Angst. Gegen Mitternacht bemerkte Käfer, dass Schillers Augenlider schwer wurden. Er atmete gleichmäßiger, und als er endlich einschlief, schien er entspannt zu sein. Käfer legte sich auf das Bett neben ihm, blieb aber lange wach.

Er musste dann doch geschlafen haben. Eine nasskalte Hand berührte seine Wange. „Herr Käfer!" Er schaute in Schillers blasses Gesicht. Schweiß stand auf der Stirn.

„Gut, dass Sie wach sind. Ist es sehr schlimm?"

„Ich lebe, alles andere ist nicht wichtig. Wie soll ich Ihnen danken?"

„Darüber reden wir später." Käfer rollte sich vom Bett und ging zum Fenster. „Die Nacht ist bald vorbei. Wie ist es denn so weit gekommen mit Ihnen?"

Schillers Augenlider flatterten. Er wich Käfers Blick aus und zeigte auf den spitzen Hut, der neben dem Bett auf dem Boden lag. „Josef Fröhlich, der Hofnarr …"

„Geht es Ihnen wieder schlechter?"

„Nein …, ich wollte nur erklären. Fröhlich war ein Ausseer des 17. Jahrhunderts. Gelernter Müller, dann Spaßmacher und Taschenspieler auf Jahrmärkten und endlich kurzweiliger Rat am Hof des Kurfürsten von Sachsen in Dresden. Solche Hofnarren waren nicht gering zu achten. Sie wirkten nicht nur als Spaßmacher und Zauberer, sondern auch als Ratgeber und Kritiker. Fröhlich ist ein wohlhabender Mann geworden, seiner Ausseer Heimat stets verbunden."

„Wie schön für ihn. Daher also die Maske?"

„Daher die Maske und daher der Suff."

„Ich verstehe nicht."

„Fröhlich war ein verdienstvoller und glücklicher Narr. Ich bin sein trauriges, nutzloses Zerrbild. In seiner Maske wollte ich mich wenigstens stilvoll zu Tode trinken, Herr Käfer – und gleichzeitig hoffte ich, dran gehindert zu werden, feig wie ich bin."

„Können Sie die Wahrheit ertragen, Herr Schiller?"

„Es kann nicht schlimmer kommen."

„Sie sind ein blöder, rücksichtsloser Egoist."

„Ach ja?"

„Sie können Ihr Selbstmitleid und Ihren Weltschmerz inszenieren, wie Sie wollen. Aber nicht auf Kosten anderer."

„Wie verstehe ich das?"

„Ich kenne Menschen, die Sie schätzen, sogar mögen. Und es werden noch einige mehr sein, die ich nicht kenne. Wer zum Teufel gibt Ihnen das Recht, diesen Menschen weh zu tun?" Käfer, unausgeschlafen und schlecht gelaunt, war ziemlich laut geworden. Schiller schwieg betroffen.

„Kann ich Sie unbesorgt allein lassen, Sie Narr? Hier ist die Telefonnummer von Dr. Fischer – für alle Fälle."

Schiller griff mit zitternder Hand nach dem Papier.

„Na dann, guten Morgen, Herr Schiller!"

„Herr Käfer!"

„Was denn schon wieder?"

„Es *ist* ein guter Morgen."

Als Daniel Käfer endlich Sarstein erreicht hatte, war es Tag. Müde trat er ins Haus, wollte nach oben gehen, stutzte aber, als er Gelächter aus der Küche vernahm – ein wohl bekanntes Gelächter. Er öffnete die Tür. Hubert Schlömmer und Sabine saßen am Küchentisch, hatten gefüllte Schnapsgläser vor sich stehen und Spielkarten in den Händen. Noch befremdlicher war allerdings der Hut auf Sabines Kopf, offenbar Hubert Schlömmers Zweit-Hut. Käfer ging – von beiden unbemerkt – einen Schritt näher. „Störe ich?"

Sabine erschrak kurz, tippte dann aber lässig gegen die Hutkrempe. „Hallo, Daniel! Lustige Nacht gehabt, wie? Setz dich doch zu uns." Sie hob ihr Glas und trank einen kleinen Schluck. „Der Hubert hat sich ganz lieb bei mir entschuldigt, fast wortreich für seine Verhältnisse. Und das feiern wir jetzt mit einer Art Strip-Poker. Du kannst beruhigt sein, Daniel. Wie du siehst, bin ich am Gewinnen."

„So, bist du?" Käfer lächelte frostig. „Ich geh jetzt ins Bett. Und du kommst mit."

„Warum? Ich bin ausgeschlafen!"

„Sicherheitsverwahrung."

19

„Eifersüchtig, Daniel?"

„Nein. Aber einem Hubert, dem die Frau abhanden gekommen ist und der sich vermutlich wacker bis zum Morgen durchgetrunken hat, trau ich nicht über den Weg. So freundlich kann der gar nicht tun."

„Und was sagt der große Menschenkenner zu sich selbst und seinen nächtlichen Eskapaden?"

„Ich bin mit Eustach Schiller ins Bett gegangen."

„Wie bitte?"

Käfer berichtete. Noch während er sprach, hatte Sabine damit begonnen, sein Hemd aufzuknöpfen. „Du Armer, Lieber! Musst ja fix und fertig sein. Frühstück?"

„Ich weiß was Besseres. Du weckst mich gegen zehn und wir fallen dann gemeinsam über die Kurhauskonditorei her."

„Ja, fein, so machen wir's!"

„Lassen Sie mich doch endlich schlafen!" Daniel Käfer wollte ärgerlich Schillers Hand abwehren. Ach so … Sabine …

„Guten Morgen, mein Held! Die Sonne strahlt, als bekäme sie dafür bezahlt. Raus aus den Federn!"

Er setzte sich auf. „Ziemlich hell für Mitternacht, wie?"

„Mach, dass du ins Bad kommst. Es ist halb elf. Ich hab's nicht fertig gebracht, dich früher zu wecken."

„So. Alles bereit für eine weitere Expedition in den Ausseer Fasching!" Sabine zupfte ein Haar von Käfers Jacke. „Sag einmal, Daniel: Hast du gestern abend irrtümlich meinen Parka erwischt?"

„Nein, nicht irrtümlich. Ich wollte dich um mich haben, wenigstens in dieser Form."

„Ach du …"

„Komm, wir gehen."

Vor dem Haus blieben die beiden stehen. Sabine lehnte sich an Käfers Schulter. „Meinst du nicht auch, dass er ein wenig übertreibt, dieser Wintertag?"

Der Sarstein zeichnete eine hochmütige Kontur in den blitzblauen Himmel, blendend weiß beschneiter Fels über dem dunkleren Bergwald. Im Tal glitzerten weite Schneeflächen, Raureif bedeckte Bäume und Büsche, unter denen bläuliche Schatten lagen. Es war noch immer sehr kalt, doch auch eine Andeutung von Sonnenwärme lag in der Luft. Daniel Käfer stieß eine weiße Atemwolke aus. „Das Leben hat was, gar kein Zweifel. Gehn wir zu Fuß?"

„Meinetwegen bis ans Ende der Welt."

„Waren das wirklich nur wir zwei, Sabine? Orangensaft, Kaffee, Apfelstrudel, Zimtschnecke, ein Lebkuchenherz, Marmorgugelhupf, Fächertorte und zwei Gläser Sekt?"

„Na und? Dafür verzichten wir heroisch aufs Mittagessen." Sabine betrachtete interessiert die Servierin. „Kannst du mir das erklären? Anderswo riecht Tracht nach Mottenkugeln und betulicher Brauchtumspflege.

Hier tragen die Mädchen ihre Dirndlkleider, als wär's die zweite Haut."

„… und die Männer tragen ihren Hut, als wär's ein Teil vom Kopf."

„Du willst damit doch nicht sagen, dass ich den Hubert enthauptet habe, heute früh?"

„Nein, Sabine. Das hat die Maria erledigt. Möchte gar nicht wissen, wo die noch gelandet ist in der Nacht. Hoffentlich weich, aber nicht zu weich."

„Die streiten sich schon wieder zusammen." Sabine schaute zur Tür. „Daniel, ich glaub's nicht! Da steht einer, der eigentlich liegen müsste!"

Eustach Schiller näherte sich mit kleinen, tastenden Schritten. Er bot noch immer ein Bild des Jammers, doch wenigstens hatte die Kälte sein Gesicht etwas gerötet. „Ertragen Sie mich, Herr Käfer?"

„Wenn's nicht wieder eine Nacht lang sein muss, gerne."

Schiller wirkte kraftlos, aber auch entschlossen. Vorsichtig nahm er Platz. „Es gab einiges zu erledigen, Unaufschiebbares. Zu lange habe ich bequem gezögert und geziert herumgespielt."

„Wovon reden Sie?"

„Von Herrn Köberl. Wir beide sollten einander morgen treffen, Herr Käfer. Nicht vor Nachmittag. Dann weiß ich Näheres, und es wird hoffentlich möglich sein, die sprichwörtlichen Nägel mit Köpfen zu schmieden."

„Ich habe zwar keine Ahnung, wovon Sie reden, aber Sie scheinen es ernst zu meinen – und alles, was dem Sepp Köberl hilft, soll mir recht sein. Wie erreiche ich Sie?"

Mit entschuldigender Gebärde zog Schiller ein Handy hervor. „Nun trage auch ich diese elektronische Fußfessel bei mir, immerhin in Silber und Perlmutt gefasst. Bitte, notieren Sie … Wo ist eigentlich Henning Mertens?"

„In Frankfurt, meines Wissens."

„Ah, sehr gut!" Schiller wandte sich an Sabine Kremser. „Sie werden an diesem Tag noch Ihre Freude haben, fotografisch, meine ich. Die Flinserln sind wahre Zauberwesen."

„Und diese, wie war das nur gleich … Bless?"

„Finstere Winterdämonen, aber ohne Macht, nur noch lästig. Übrigens vergleichbar mit den verbliebenen Schatten meines kruden Innenlebens. Doch ich sollte nicht schon wieder von mir reden. Also diese Flinserln … man sagt den Kostümen ja venezianische Ursprünge nach. Ich bin mir da nicht so sicher. Salz aus den Alpen konnte ja nur dort verkauft werden, wo es billiger als Meersalz war. Demnach sind die Ausseer Fuhrleute ganz gewiss nicht bis nach Venedig vorgedrungen. Andererseits könnte es durchaus Kontakte mit ihren Kollegen und Konkurrenten aus dem Süden gegeben haben. Jedenfalls aber ist dieses Brauchtum uralt. Bereits 1768 sollen erstmals Flinserln durch Aussee gezogen sein. Seitdem ist eigentlich alles beim Alten geblieben. Die Kinder mögen zu Hause ihre Computerspiele treiben – wenn sie gute Gaben der Flinserln erheischen, gelten immer noch die uralten Sprüche. Darf ich Sie mit einer Probe schlecht angelernter Ausseer Mundart erfreuen? Ja? Nun denn! Faschingtag, Faschingtag, kimm na bold wieda / Bold ma koa Geld nit ham / Stehl'n ma an Widda / Bold ma koan Widda kriag'n / stehl'n ma an Aar / drum san die drei Faschingtag / Gar so viel rar. – So halbwegs verstanden? Ein Aar ist eine junge Ziege und rar bedeutet lustig, eigentlich mehr als das, Faschingslaune eben. Die Flinserln präsentieren sich übrigens als eine bürgerliche Institution. Ihre Kostüme sind dermaßen teuer und aufwändig in der Herstellung, dass sie über Generationen in den Familien vererbt werden.

Nun denn, liebwerte Frau Kremser, geachteter Herr Käfer …, ich muss jetzt weiter, mich nützlich machen, sofern das an einem Tag wie diesem möglich ist."

„So, Sabine, es ist wieder einmal so weit: Du arbeitest ernsthaft, und ich werde so tun, als ob."
„Wird auch wieder anders herum sein." Sie griff zur Fototasche. „Außerdem freue ich mich auf diesen Nachmittag, nach allem, was ich gehört habe."
„Noch was, Sabine: Vergiss nicht, auch nach Ebenseer Fetzen Ausschau zu halten – vielleicht ein reizvoller Kontrast. Und dann gibt es noch einen recht jungen Brauch heute, die Fischer. Sie verteilen ihre Süßigkeiten mit Angeln. Da muss ein Kind ganz schön flink und geschickt sein, um etwas zu erhaschen – und wer Pech hat, erwischt einen Rollmops."
„Noch was?"
„Ja. Ich bin süchtig nach dir, Sabine. Letztes Stadium, führt unmittelbar in die chronische Zweisamkeit, lebenslang bis zum Tode."
„Musst du denn immer übertreiben?"
„Also, ich find's ganz normal. Außerdem bist du mir noch eine Antwort auf meine Gutenacht-Geschichte schuldig."
„Bin ich das?" Sie küsste ihn auf die Nasenspitze. „Muss ich doch glatt verschlafen haben."

Schon jetzt waren viele Kinder unterwegs. Gelächter und fröhlicher Lärm überall. Nach dem Chaos des Maskentreibens und dem schweren Zeremoniell der Trommelweiber war die Stimmung merklich anders geworden. Um die Mittagszeit hatte die Sonne an Kraft gewonnen, und im tief verschneiten Aussee war ein Hauch Frühling zu spüren. Käfer stiefelte guter Dinge durch den Kurpark, wich einer Schneeballschlacht aus und blieb dann überrascht stehen, als er von der Bahnhofstraße her Musik und Trommelschläge hörte. Ach so …, die Arbeiter-Trommelweiber! Er ging dem Zug entgegen. Anders als tags zuvor fehlte die fast schon bedrohliche Wucht. Die weiß gekleidete Schar war aber nicht minder eindrucksvoll, wohl kleiner, doch von feierlicher Strenge. Käfer hörte eine Weile zu, dann ging er über den Kurhausplatz weiter in die Hauptstraße, wo die hohen alten Bürgerhäuser standen. Halb unbewusst summte er den Faschingsmarsch, und irgendwann drang wie ein ferner Widerhall die gleiche Melodie an sein Ohr. Doch sie klang anders, als er sie bisher gehört hatte, leichter, beschwingter, zierlicher.

Er folgte den Kindern, die zu laufen begonnen hatten, und dann sah er sie, die Flinserln: Weibliche und männliche Gestalten in Leinengewändern, geschmückt mit ausgeschnittenen Stofffiguren und Tausenden, ja Abertausenden glitzernden Silberblättchen. Flirrendes Sonnenlicht ließ die bunten Masken lebendig werden, Bänder umflatterten die hohen Spitzhüte. Musikanten mit Geigen und Ziehharmonika führten den fröhlichen Zug an, der immer wieder Halt machte. Nachdem die Kinder ihre Faschingssprüche aufgesagt hatten, flogen Nüsse in die Menge. Und vor den hässlichen Gestalten der Bless musste sich kein Bub oder Mädchen fürchten. Finstere Dämonen duckten sich an diesem Tag nur noch scheu unter dem leisen Diktat heiterer, aristokratisch wirkender Lichtgestalten.

Käfer stand einfach da und ließ sich verzaubern. Dann spürte er eine leise Berührung, Anna stand dicht neben ihm. „Bist auch wieder ein Kind, Daniel?"

„Ja, beinah. Und was ist denn mit dir los? Du schaust ja aus, wie du ausschaust, ganz ohne Maske!"

„Die Sieglinde und ich, wir hätten schon was vorgehabt für heute: Salige Fräulein, so was wie Elfen. Hat ja dieser ... na ..."

„Herzmanovsky-Orlando?"

„Richtig. Der hat in Ebensee dauernd so was gesucht, im Wald und sonst wo."

„Und warum habt ihr es bleiben lassen?"

„Warum? Wegen dir. Damit du nicht noch mehr durcheinander kommst wegen Ebensee und Ischl. Weißt was, Daniel? Bleib in Aussee und nimm's leicht. Fasching ist Fasching und nachher bist sowieso gscheiter." Anna holte einen Geldschein aus ihrer Winterjacke. „Hier hast du deine hundert Euro zurück. Sonst willst womöglich noch was von mir dafür. Na ja, aber Zinsen bekommst du ..." Käfer sah sich unvermutet an einem innigen Kuss beteiligt. „He, Anna! Was soll das werden mit uns?" Er zuckte zusammen, weil sie ihn ganz und gar undamenhaft ins Hinterteil gezwickt hatte, wollte noch etwas sagen, sah sie aber nur noch leichten Fußes enteilen.

Käfer blieb bei den Flinserln, bis ihr Auftritt beendet war und sie sich liebenswürdig musizierend zurückzogen. Er beobachte auch Sabine, die so intensiv und leidenschaftlich fotografierte, dass er sich einer gewissen Eifersucht nicht erwehren konnte. Aber er war auch stolz auf seine Freundin und musste sich eingestehen, dass von Tag zu Tag sein Wunsch stärker wurde, sie öfter in der Nähe zu haben. Vielleicht konnte er sie dazu überreden, mit ihm nach Hamburg zu gehen. Und es wäre doch gelacht, gelänge es ihm in seiner neuen Position nicht, sie mit unwiderstehlichen Aufträgen ans Haus und an ihn zu binden. Bindung – dieses Wort war relativ neu in Daniel Käfers Vokabular. Gut, Sabine hatte bestimmt Recht mit ihrem Einwand, dass es berufsbedingte Zeiten der Trennung immer wieder geben würde. Käfer hatte sich aber ein hübsches Bild zurechtgelegt, er dachte an zwei Schiffe, die verschiedene Routen befuhren, aber dann doch immer wieder den gemeinsamen Hafen ansteuerten. Endlich vor Anker gehen, Seite an Seite, sich zärtlich aneinander reiben in der sanften Dünung heimatlicher Gewässer ...

„Mich hast du noch nie so angschaut, Daniel, wie ein Heiligenbild und ein Sexheftl gleichzeitig!"

„Was? Ach so, du bist es, Maria." Käfer schob sentimentale Vorhaben energisch zur Seite. „Wie war's denn noch, heute Nacht?"

„Gaudig."

„Im Detail?"

„Das tät dir so passen. Auf jeden Fall ist mit dem Hubert und mir wieder alles normal. Ich schimpf und er redt nix."

„Na also. Bist wegen der Flinserln da?"

„Nein, wegen dir, Daniel. Ich weiß ja nicht, ob es wichtig ist, aber weil er eingeschrieben war, dieser Brief ..."

„Welcher Brief?"

„Na, von deiner neuen Firma in Hamburg."

„Gib schon her, Maria!"

„Du wirst es erwarten können ... Da steckt er irgendwo in der Einkaufstasche ..., na also!"

Daniel Käfer nahm das Kuvert, öffnete es, las – und ließ das Papier sinken.

„Schlechte Nachrichten?"

„Ja."

20

„Daniel, alter Uhu, du klingst bedrückt!"

Käfer war ins nahe Postamt geeilt, und sein Versuch, Bruno Puntigam telefonisch zu erreichen, war sofort erfolgreich gewesen.

„Weißt du von diesem Brief an mich, Bruno?"

„Nur andeutungsweise. Hast du ihn bei dir?"

„Ja."

„Dann lies vor."

„Sehr geehrter Herr Käfer, wir sehen uns gezwungen, die von uns fest geplante und auch aufrichtig gewünschte Zusammenarbeit mit Ihnen neu zu überdenken. Die leider schwerwiegenden Gründe wollen wir Ihnen gerne in einem persönlichen Gespräch darlegen. Ein entscheidungsbefugter Mitarbeiter, Herr Konrad Klett, wird sich am kommenden Mittwoch in Salzburg aufhalten. Wir hoffen, dass es Ihnen trotz der knappen Zeit möglich sein wird, den vorgeschlagenen Termin wahrzunehmen. 16.00 Uhr, Flughafen, Restaurant Hangar 7. Bitte geben Sie uns Bescheid. Mit freundlichen Grüßen und so weiter …"

„Wer hat geschrieben?"

„Dr. Almut Weiß."

„Unsere Personalchefin, diese Ratte."

„Schwerwiegende Gründe …, was weißt du darüber, Bruno?"

„Wenig. Aber etwas steht für mich fest: Du hast natürlich keine Zeit morgen."

„Und warum nicht?"

„Weil sich ein Daniel Käfer nicht einfach vorladen lässt. Du wirst nichts von dir hören lassen als mächtig dröhnendes Schweigen. Ich werde indessen meine Fäden ziehen, und dann bringen wir zwei gemeinsam diesen hässlichen Luftballon zum Platzen."

„Also, ich weiß nicht!"

„Keine Widerrede. Ich werde dieser Natter von Personalchefin Bescheid geben, dass du ihren Brief als freche Zumutung empfindest. Bis später, Daniel."

„Nein, Bruno. Jetzt will ich ganz konkret wissen, woran ich bin. Ich werde kommen."

„Du machst mich ärgerlich, Bub."

„Dann entschuldige, das ändert aber nichts. Wirst du vielleicht auch da sein, morgen?"

„Darauf kannst du dich verlassen."

Vor dem Postamt wartete Sabine. „Was ist los, Daniel, ich habe kurz mit Maria gesprochen."

„Da, dieser Brief."

Sie griff nach dem Papier, las und schaute ihrem Freund ratlos ins Gesicht. „Scheiße. Und ich versteh's nicht. Hast du gerade mit diesem Puntigam telefoniert?"

„Ja. Er hält arrogantes Schweigen für das Mittel der Wahl. Hat möglicherweise was für sich. Aber ich werde morgen in Salzburg sein."

„Erstaunlich."

„Was?"

„Ich hätte gewettet, dass du die Idee, den Kopf in den Sand zu stecken, freudig aufgreifst. Du überraschst mich immer wieder, Daniel. Positiv, mein ich."

„Fein. Wenn ich nur wüsste, was denen nicht passt an mir oder an meinem Konzept."

„Ich wollte, ich könnte dir helfen. Geht's dir sehr schlecht?"

„Darüber muss ich erst nachdenken."

„Allein, wie ich dich kenne."

„Ja."

Käfer überquerte die Straße, winkte Sabine zu, betrat den Kurpark, und als er sicher war, dass sie ihn nicht mehr sehen konnte, setzte er sich auf den hart gefrorenen Schnee und legte sein Gesicht in beide Hände. Probleme, ja, damit war zu rechnen gewesen. Aber einfach Schluss, Ende, aus? Jetzt erst wurde ihm bewusst, wie gewiss er seiner Sache gewesen war, und wie sehr er sich auf seine neue Aufgabe gefreut hatte. Käfer zerpflückte den Brief im Gedanken Wort für Wort. Es war keine Feindseligkeit darin, eher ernsthafte Enttäuschung. Doch warum wurden ihm die Gründe dafür nicht gleich genannt? Immerhin war die Bereitschaft zum persönlichen Gespräch wohl mehr als eine höfliche Geste. Allerdings sollte diese Unterredung offenbar nicht dem Meinungsaustausch dienen, sondern eine Urteilsverkündung sein. Käfer versuchte Fehler bei sich zu finden. Gut möglich, dass er mit seinem Konzept nicht überzeugen konnte. Doch darauf hätte Kappus & Schaukal anders reagiert als mit diesem Brief. Vielleicht war es verkehrt gewesen, die Taktik Puntigams zu seiner eigenen zu machen ... Doch was hätte er anderes tun sollen, als in Übereinstimmung mit seinem einzigen Ansprechpartner zu handeln? Oder hatte ihm der Kontakt mit Mertens so sehr geschadet? Und was war in diesem Zusammenhang von dessen Reise nach Frankfurt zu halten? Hatte dieser Unglücksrabe womöglich irgendeine Bombe hochgehen lassen?

„Ist was oder sind S' nur rauschig?" Eine ältere Frau war neben ihm stehen geblieben.

„Nein nein ..., habe nachgedacht." Rasch stand er auf und ging weiter.

Die Frau schaute ihm kopfschüttelnd nach. „Nachgedacht, mit dem kalten Hintern. Leut gibt's!"

Ziellos ging Käfer das Traunufer entlang und fand sich auf der neuen Stahlbetonbrücke wieder. Er, der es sich geschworen hatte, die Existenz dieses monströsen Bauwerks mit konsequenter Missachtung zu quittieren! Aber so war das wohl mit seinem Leben. Erst glaubte er selbst den Weg und das Ziel zu bestimmen, doch unvermutet fand er sich dort wieder, wo er ganz bestimmt nicht hin gelangen wollte. Käfer war wütend. Mit raschen Schritten setzte er seinen Weg fort.

Kurz dachte er darüber nach, ob er sich diese demütigende Unterredung in Salzburg wirklich antun sollte. Es war doch recht einfach, sich zu verweigern – nicht im Sinne Puntigams natürlich, aber er konnte die Sache von sich aus abhaken. Kurzer Anruf: Natürlich sei es das gute Recht jedes Menschen und jedes Unternehmens, die Meinung über ihn, Käfer, zu ändern – noch dazu, wo es schwerwiegende Gründe dafür gäbe (zartbitterer, ironischer Unterton). Er nehme das zur Kenntnis und wolle nicht auch noch die wertvolle Zeit eines leitenden Mitarbeiters beanspruchen. Adieu. Starker Abgang. Käfer lachte leise auf, verwarf den Gedanken als kindisch und voreilig, war aber dennoch ein wenig erleichtert.

Er folgte weiter dem Traunufer flussabwärts und dachte an Sabine. Natürlich hatte sie ganz richtig beobachtet, dass er – beruflich wie privat – nur allzu gerne den Weg des geringsten Widerstandes wählte. Aber in den letzten Tagen war das anders gewesen. Mit Mertens hatte er angesichts des ungeheuren Potentials dieses Mannes ganz bewusst Probleme und Konflikte in Kauf genommen. Und er hatte stets auf eine konkrete, auch kritische Auseinandersetzung mit seinem Konzept gedrängt. Also war es nur logisch und konsequent, diesen Weg erhobenen Hauptes bis ans offenbar unvermeidliche Ende zu gehen. War es notwendig und klug, sich darauf irgendwie vorzubereiten? Wohl eher nicht. Spontane Reaktionen waren nun einmal glaubwürdiger. Es würde genügen, wenn er morgen ausgeschlafen war und kühlen Mutes. Aber bis dahin?

Vielleicht war es eine gute Idee, aus diesem Spaziergang eine Wanderung zu machen. Zum Bahnhof war es nicht mehr weit und von dort aus führte ein reizvoller Weg nach Sarstein.

Käfer ertappte sich dabei, nun auch Kleinigkeiten ärgerlich zu finden. Sein protziges Auto würde er morgen in Salzburg lassen müssen. Es stand ihm also eine lange, umständliche Rückreise mit Bus und Bahn bevor. Ja, und dann noch die Ente … Fraglich, ob er sich unter den geänderten Umständen die teure Reparatur noch leisten konnte. Er riss sich zusammen. Derlei Grübeleien waren sinnlos und lächerlich, und ganz abgesehen davon war es zu früh für Resignation.

Als er den Bahnhof erreicht hatte, besserte sich seine Laune. Dieses altmodische Gebäude aus Ziegeln und Gusseisen war für ihn immer eine ärarische Manifestation grenzenloser Freiheit gewesen. Von hier aus ging es überall hin, das war amtlich. Natürlich gehörte das Reisen längst zum Alltag, doch an einem Bahnhof wie diesem wurde die Selbstverständlichkeit immer noch ein wenig zur Zeremonie. Käfer betrat den Kassenraum und blieb überrascht stehen. Drei Ebenseer Fetzen saßen auf einer Wartebank und dösten vor sich hin. Sie hatten ihre Holzmasken hochgeschoben, altmodische Strohhüte mit den Trockenblumen lagen auf den Knien. Eine Lautsprecherdurchsage ließ sie aufblicken. Käfer trat näher. „Auf Staatsbesuch gewesen, die Herren?"

„Mehr oder weniger", gab der eine zur Antwort. „Weniger oder mehr," sagte der zweite. „Oder sonst irgendwie", ergänzte der dritte und fügte hinzu: „Sie sind aber nicht von da?"

Käfer nahm auf der Bank gegenüber Platz. „Sieht man das gleich? Ich bin in Graz zur Welt gekommen. Daniel Käfer heiß ich."

„Aha. Ich bin der Karl Loidl, neben mir sitzt der Otto Loidl und neben dem der Wilfried Loidl."

„Nicht schlecht. Also gibt's wirklich so viele Loidl in Ebensee?"

„Noch mehr. Darum haben die meisten Spitznamen. Ich bin der Schneehund, der Otto ist der Bogensabel und Wilfried der Henaoasch."

„Hena?"

„Hühner."

„Also ich war gestern in Ebensee, beim großen Umzug, viel zu kurz, die Zeit war knapp. Aber sehr eindrucksvoll, wirklich! Ich muss wieder kommen, irgendwann, kenn ja die Ortschaft kaum."

Die drei nickten, musterten Käfer aufmerksam und schwiegen.

„Ich arbeite an einem Buch über das Salzkammergut. Na ja, und persönlich hat mich der Fasching natürlich auch interessiert."

Otto Loidl schaute zur Tafel mit den Abfahrtszeiten. „Und wo fahren S' heut hin?"

„Nirgendwo hin. Ich bin auf dem Weg nach Sarstein. Dort wohn ich."

„Und Sie haben's eilig?"

„Nein, eigentlich nicht."

„Dann fahren S' doch mit uns und wir zeigen Ihnen ein bissl was."

„Ein anderes Mal gern. Aber ich hab einen wichtigen Termin morgen."

„Na und? Gleich nach sechs sind wir drüben, und kurz vor neun können Sie zurückfahren."

„Ich weiß nicht recht."

„Mit drei Fetzen sind S' noch nie Eisenbahn gefahren."

„Also gut, überredet."

Noch vor wenigen Minuten war Käfer sehr allein mit seinen trüben Gedanken gewesen. Jetzt saß er in heiterer Runde und hatte wenigstens für die nächsten paar Stunden ein Ziel vor Augen. Der Zug fuhr langsam durch die Koppenschlucht. Vor den Fenstern wurde der Tag allmählich dunkler.

„Prost, der Herr!" Otto Loidl hielt ihm eine Schnapsflasche hin.

„Danke!" Käfer nahm einen vorsichtigen Schluck. „Übertreiben darf ich nicht, weil ich morgen einen klaren Kopf brauche. In Aussee kenn ich übrigens die Christine Köberl, eine Ebenseerin, geborene Loidl."

„Jaja, die Loidln sind halt weltumspannend. Das kommt noch von der historischen Salzwirtschaft her. Einige von den ersten Salinenarbeitern haben Loidolf geheißen und waren damit unsere Urväter. Es hat sich ja durch Jahrhunderte wenig geändert im Salzkammergut, dafür hat schon das mächtige Salzamt gesorgt. Alles war geregelt: Arbeit, Wohnsitz, Eheleben."

„Sie wissen aber gut Bescheid!"

„Ich bin Lehrer, wenn nicht grad Fasching ist. Der Wilfried arbeitet in der Saline und der Karl war bei der Solvay. Jetzt sperrt die Sodafabrik zu und der Karl muss sich umschauen."

„Dann wünsch ich ihm viel Glück, ich weiß, wovon ich rede."

„So? Jedenfalls war das Leben nie leicht bei uns. In Gmunden sind die reichen Salzsäcke gesessen, in Ebensee ist geschuftet worden. Und als dann anderswo im Salzkammergut der Fremdenverkehr für ein besseres Leben gesorgt hat, sind die noblen Villen bei uns die Ausnahme geblieben."

„Gibt's eigentlich die Villa vom Herzmanovsky-Orlando noch, Herr Loidl?"

„Die Villa Almfried? Leider nein, ist in den 60er Jahren verkauft und dann abgerissen worden. Aber wir haben auch noch versteckte Schätze. Wir zeigen Ihnen was, wenn wir da sind! Doch so richtig bestimmend war eigentlich immer die Industrie. Sieht man ja am Ortsbild. Eine Uhrenfabrik hat's geben, eine Weberei und Spinnerei, die hat 1992 zugesperrt. Aber auf die Saline können wir wenigstens noch stolz sein."

Jetzt mischte sich Karl Loidl ein. „Gar so gering kannst den Ebenseer Fremdenverkehr auch wieder nicht schätzen, Otto. Denk nur an den Rudolf Ippisch!"

„Ja, der! Das müssen Sie sich einmal vorstellen, Herr Käfer: Ein Ebenseer Schuster, der zwei großmächtigen Engländern die Dampfschifffahrt auf dem Traunsee abgetrotzt hat. Und dann ist es ihm sogar noch gelungen, sich seinen Lebenstraum zu erfüllen: die Seilbahn auf den Feuerkogel."

„Ganz was anderes jetzt, Herr Loidl – und ganz und gar nicht passend für einen Faschingsdienstag, aber wenn ich schon einen finde, der sich auskennt: Wie war denn das mit dem KZ in Ebensee?"

„Jeder fragt danach. Nirgendwo im ganzen Salzkammergut war eins, nur bei uns. Wir sind wieder einmal drangekommen. In den Seeberg wurden Stollen vorangetrieben, für die Rüstungsindustrie. Schmieröl und Autobenzin hätten dort erzeugt werden sollen, hat aber nie funktioniert. An die 18.000 Menschen sind am 6. Mai 1945 befreit worden, aber viele waren zu schwach, um zu überleben. Ja, und heutzutage gehört eben auch der KZ-Gedenkstollen zum Ort und der KZ-Friedhof. Ebensee hat recht widersprüchliche Gesichter."

Loidl schaute sinnend aus dem Zugfenster. Dann wandte er sich Käfer zu und tippte gegen seine Maske. „Ist ja bei den Fetzen auch nicht anders."

21

Nach und nach wurde das Gespräch schütter, verlor sich in vertrauten Geräuschen. Ein kurzer Halt dann und wann, die Lichter von Hallstatt drüben am steilen Seeufer, ihr Widerschein im schwarzen Wasser. Bad Ischl endlich, der kaisergelbe Bahnhof wie ein vergessenes Stück Kulisse auf schneeweißer Bühne.

Daniel Käfer spürte, wie ihn Müdigkeit immer dichter umfing, seine Gedanken verwischte, ihre Berührungen und Verknüpfungen löste, bis nur noch Bilder übrig waren, schattenhaft, vage, unruhig bewegt. Seine Reisebegleiter hielten die Augen geschlossen, doch ihre Masken waren leblos wach geblieben und starrten zur Decke des Waggons.

Seltsamer Ort am See …, viele Orte eigentlich, aneinander gedrängt, ineinander geschoben, wie zufällig hingestreut, ratlose Leere dazwischen. Die Dunkelheit verbarg die Landschaft ringsum, machte sich aber auch mitten im Ort über unverbauten Flächen breit, verschluckte leer stehende Häuser, ließ Ufer und Wasser eins werden. Ebensee also …, die kleine Gruppe alter Häuser am Schwemmkegel des Langbathbaches, darüber die Kirche. Gesichtslose Neubauten im Zentrum, dort, wo alte Salinengebäude abgetragen worden waren. Die ehemalige Salzlagerhalle gab es hingegen noch immer. Gewalttätig groß und dennoch verloren stand sie auf einer weiten Wiesenfläche, nur schemenhaft zu erkennen. Und dann der See, Landesteg und Promenade, Industriehafen und Yachthafen …

Nach einem Rundgang hatten Käfer und die Fetzen den Ortsteil Rindbach erreicht. Otto Loidl war stehen geblieben und wandte sich den anderen zu. „Hier, auf der See-Ebene hat der Ort viel Platz sich auszudehnen und ist so gewachsen, wie es praktisch oder notwendig war. Das Ergebnis ist ein Durcheinander von Fabriken und Freizeitbereichen, von Bauernhäusern, Salzarbeiterhäusern und herrschaftlichen Villen – und Wirtshäusern, versteht sich. Kleines Abendessen vor der Rückreise, Herr Käfer?"

„Ja, gerne."

Ein paar Schritte weiter zeigte Otto Loidl mit sichtlichem Stolz auf eine Villa, deren theatralische Prachtentfaltung mit Balkonen, Erkern und hölzernem Zierrat im schönsten Sinne des Wortes hemmungslos zu nennen war. Käfer stand da und staunte. „Das ist doch alles, nur kein Wirtshaus!"

„Bei uns in Ebensee schon. Leopold Ritter von Schrötter hat das Prachtstück 1889 erbauen lassen. Und jetzt haben alle Gäste ihre Freude dran und die Gemeinde ist hoffentlich zufrieden – der gehört das Ganze nämlich. Im Sommer sitzt man hier direkt am Wasser. Aber die Zirbenholzstube ist auch nicht ohne. Also, die Herrschaften, worauf warten wir noch?"

Damit begann eine Nacht, an die sich Käfer später, als alles vorbei war und alles anders und doch wieder nicht, nur mit Mühe und in Bruchstücken erinnern konnte.

Die Zirbenholzstube, hell und feierlich, in merkwürdigem Kontrast dazu ein paar Ebenseer mit gefährlich schrägen Hüten auf den Köpfen, die drei Fetzen, Montagsrelikte, in einen Dienstag geschwemmt, in den sie nicht gehörten, und er, Daniel Käfer, hoffnungsvoller Aufsteiger am Vorabend seines Absturzes. Tee vorerst, nein danke, ohne Rum, oder doch ja bitte, mit. Die sternklare Winternacht draußen war verdammt kalt und sie würde noch kälter werden. Dann hatte Karl Loidl – oder war's der Wilfried gewesen – vier Halbe Bier kommen lassen und noch einmal vier nach dem Essen. Dann waren Gäste zum Tisch gekommen, die Käfer nicht kannte. Ein Pascher wurde angesagt. Immer wieder mahnte Käfer zum Aufbruch. Aber dann fing die Runde an, Geschichten zu erzählen, und er hörte mit Freude zu.

Da war zum Beispiel von dieser Wilderer-Wallfahrt die Rede. Um eine kleine Kapelle ging's, die sich an der Straße von Ebensee zu den Langbathseen an eine Felswand drückt. Dort soll sich dereinst ein Wildschütz auf der Flucht vor dem Jäger und seinen Helfern tagelang zwischen den Felsen versteckt haben. Als er sich irgendwann wieder hervor wagen konnte, dankte er – gottesfürchtig, wie Wilderer nun einmal sind – dem Himmel und tat ein Gelübde. Seitdem steht am Fluchtort eine Kapelle, und Jahr für Jahr gibt es einen Pilgerzug dorthin. Ist doch selbstverständlich, dass sich unter den andächtig wippenden Gamsbärten auch immer ein paar besonders verwegene Gesichter finden.

Ja, und dann die grausige Geschichte eines sehr dicken Ebenseers, der betrunken in den Rindbach fiel. Die Leiche wurde in den Traunsee geschwemmt und schwebte viele Tage tief im Wasser verborgen. Als sie dann doch ans Licht kam, war sie ziemlich aus der Form geraten. Der Hut allerdings, der saß fest auf dem Kopf.

Aufbruch, aber jetzt wirklich! Ein Pascher noch zum Abschied, ein Bier noch, zum Abschied, dann der Bahnhof. Zug versäumt. Kein Problem. Ungefähr in einer Stunde fährt der nächste, aber nur bis Ischl. Auch egal.

Und dann dieses kleine Wirtshaus mit dem urigen Holz an den Wänden. Tirolerwirt? Ja, stimmt ..., es hatte dort noch eine gutmütige Streiterei darüber gegeben, ob das Salzkammergut wirklich einen derartigen Rustikal-Import nötig hatte. Nein, eigentlich nicht, war am Ende die einhellige Meinung. Käfer durfte Recht behalten, bekam derbe Schläge auf die Schultern, stand im Mittelpunkt der kleinen Gesellschaft, erzählte von sich, dann auch von Mertens und Puntigam. Erst neue Gäste, Musikanten, brachten ihn zum Schweigen. Ziehharmonika, Geige, Hackbrett ... Käfer kannte die Melodien nicht, aber sie hüllten ihn ein, warm und vertraut, trugen ihn über lästige Gedanken hinweg und über die Zeit. Wie war das mit dem nächsten Zug? Ach was.

Später war er mit einem ins Gespräch gekommen, der Christine und Sieglinde Köberl kannte. Womöglich auch diesen gepiercten Kraftlackl? Den Glatzenpolierer? Natürlich! Und was ist mit dem? In Aussee hat er nämlich vor dem Haus der Familie Köberl gelauert. Verschwörerischer Blick, der Finger auf den Lippen, Umzug zu einem Tisch am anderen Ende der Stube, zwei Gläser Schnaps auf Käfers Rechnung. Ja, der ..., kein Wunder, wenn der lauert. Lauert immer und überall. Finger weg von dem, sag ich. Und prost!

Zurück zu den anderen, Käfer zahlt als Strafe für die Heimlichtuerei, trinkt, schaut sich um: Die drei Fetzen sind weg. Jetzt aber wirklich zum Bahnhof, gleich auch noch. Zustimmendes Nicken ringsum, alle brechen mit ihm auf. Aber am Weg zum Bahnhof gibt es noch ein Gasthaus, und in den Ebenseerwirt muss man einfach hinein, nur kurz, sonst sind sie beleidigt. Heftiges Sträuben, Käfer fühlt sich gepackt und in die Wirtsstube getragen, zahlt eine schnelle Runde, um sich frei zu kaufen, und darf zu seiner Überraschung wirklich gehen.

Schöne, klare, gläserne Kälte, das Licht malt Märchenbilder in den Schnee, Käfer schaut zum Himmel hinauf und gibt dem hellsten Stern feierlich den Namen Sabine. Der menschenleere Bahnhof, die Tafel mit den Abfahrtszeiten, ein Blick auf die Uhr: Der letzte Zug ist längst gefahren. Also gut, dann Taxi, was kostet die Welt. Vergebliche Suche. Die Leute im Ebenseerwirt werden helfen können. Schon von weitem ist Musik zu hören, Rockmusik diesmal. Käfer tritt ein, grinsende Gesichter ringsum, tröstende Rempler, ein volles Glas. Taxi? Ja, Taxi, das gibt's. Gleich dann!

Die jungen Musiker halten nichts von verklärter Nostalgie, sie lassen es dröhnen, hämmern und kreischen, laut, schwer und schmutzig. Herrliche Musik … Käfer ist um Jahrzehnte jünger geworden, ein paar Tanzschritte, Applaus, ein Bier, ein Schluck, aber kein ängstlicher, es lebe der Suff. Anerkennendes Geraune ringsum, verwegenes Grinsen als Antwort, und noch ein Schluck. Anarchie ist die einzige wirkungsvolle Ordnungsmacht, denkt er, seltsam, wie wohltuend Gewalt sein kann, und er zuckt unter den Hieben des Schlagzeugs. Dann so ein junger Mensch neben ihm, blasses Gesicht, weiß fast, Sonnenbrillen, modischer Hut, schwarzer Anzug, Rüschenhemd. Ist doch nur für Gruftis hier, meint er, da gäb's was Besseres. Aber dann ein Taxi? Na klar, Mann, zig Taxis, Hunderte, Tausende, Düsentaxis mit rosa Flügeln. Na, was ist? Abflug ins Tiki Taki? Tiki Taki? Klingt witzig irgendwie, direkt lustig, also gut. Das Lokal ist eine grellbunte Schuhschachtel, angefüllt mit Rhythmus und Musik weit jenseits der Schmerzgrenze. Viele junge Leute, kein Platz zum Sitzen, kaum Platz zum Stehen. Käfers Begleiter hebt die

Hand und reibt den Zeigefinger am Daumen. Klar, ein Geldschein. Der Mann kommt mit zwei Gläsern wieder, Cola-Rum oder etwas in dieser Art. Käfer nippt angewidert, sein Gegenüber trinkt ex, grinst und geht. Käfer sieht niemand, mit dem er etwas anfangen könnte, trinkt sein Glas leer und steht dann allein auf der Straße.

Schön, diese Kälte, schön, diese Nacht, mit jedem Atemzug noch schöner. Er hört sich lachen, denkt, dass er irgendwo hingehen sollte, wo er noch in Ruhe etwas trinken kann, vor dem Taxi. Er geht los, taumelt bei den ersten Schritten, stützt sich an einem Zaun ab, murmelt danke mein Freund, nimmt sich zusammen und setzt langsam Schritt vor Schritt. Und da leuchtet ein Schild: Heimathafen. Das klingt gut. Gut, bieder und endgültig. Der Heimathafen hat was von einem Wartesaal zweiter Klasse. Im Hafen gestrandet, denkt Käfer, geht zu einem Tisch am Fenster, hält sich an der Kante fest und nimmt umständlich Platz. Bier bitte, ein großes, und einen doppelten Obstler für den Magen, damit dieses scheußliche Getränk von vorhin neutralisiert ist. Er schaut sich um. Zwei Tische weiter ein Paar. Sie, wie aus grauer Knetmasse modelliert, drückt stumm an ihrem Handy herum. Er, Bürstenfrisur, eine Art Kampf- und Tarnanzug, redet irgendwas vom Ausmisten in den Redaktionsstuben, von neuer Sauberkeit und alten Werten. Und dann noch diese kleine Frau im Pepita-Kostüm, die altmodische Handtasche adrett neben sich, vor sich das Weinglas. Beruhigend weit weg so ein Catcher-Typ, nichts am Oberkörper als ein Netzleibchen, strotzende Büschel rotbrauner Haare unter den Armen. An der Schank einer im Business-Anzug. Trinkt rasch zwei Schnäpse, schüttet ein Bier nach, grüßt weltmännisch, geht unauffällig. Käfer spürt eine Hand auf dem Unterarm, hebt den Kopf und schaut in ein Gesicht, das er kennt. Aber woher? Verdammt ja, der ist doch am Montag besoffen auf diesen gepiercten Berserker losgegangen ... Heute wirkt er friedlich, setzt sich an den Tisch, lässt sich einladen. Er weiß was vom Glatzenpolierer, sagt er. Er hat noch eine Rechnung mit ihm offen, grinst er. Und er da, der Herr ... Käfer, Daniel Käfer heiß ich ... Ja? Egal. Er hat ja auch was mit ihm, oder gegen ihn, besser gesagt, stimmt doch, oder? Also auf in den Kampf oder so. Feig?

Ein wirrer Weg durch die Nacht dann, die Bilder, Farben und Konturen, an die sich Käfer später erinnern wird, passen nicht zueinander. Aber Wut hat eine Rolle gespielt, Wut auf jeden und alles, und Angst zwischendurch. Filmriss irgendwann.

Hell ist es noch nicht, aber die Nacht ist weg. Daniel Käfer will aufwachen, kommt aber nicht ganz so weit. Weiß und grau ist es um ihn, und kalt. Irgendwo hin, das wäre gut. Unsicher folgt er einem schmalen Fußweg. Bahnhof ..., war da nicht was mit Bahnhof gewesen? Und was mit Taxi? Käfer geht ein wenig schneller. Dann sieht er diese Bank, ein dicker Schneepolster auf der Sitzfläche. Mhh, das war's! Stille, Frieden, Kälte. Nur ausruhen, loslassen, wohlig weich fallen. Und die Kälte tut ja nur so. Eigentlich ist sie wie ein dickes, weiches Federbett um ihn. Die Augen schließen, nach innen schauen, sich eine Welt malen, glücklich sein, schlafen, träumen, schlafen.

22

Eine leuchtend bunte, sanft bewegte Woge hüllte Daniel Käfer ein, ohne ihn festzuhalten, trug ihn mit sich, ohne zu drängen. Die Gewissheit, dass er sich bald verlieren würde, machte ihm keine Angst. Aber dieser schneidend helle Riss in den Farben erschreckte ihn, die Kälte, die auf ihn eindrang wie eine blanke Waffe. Käfer wich zurück, so weit er nur konnte, aber dieses Schlagen, Reißen und Zerren war noch immer da. Dann verpufften die Farben in grellem Weiß. Er öffnete die Augen. Vor ihm kniete Sieglinde Köberl und rieb seine nackte Brust mit Schnee ab. Über ihm ragte die wuchtige Gestalt des Glatzkopfs auf. Eine Hand, zum Schlag erhoben, sank herab, als Käfer sich regte. „Er ist wach, Sieglinde, verdammt, jetzt ist mir leichter."

Käfer versuchte aufzustehen, seine Kraft reichte aber nur für eine unwillige Bewegung. „Sie schon wieder! Lassen Sie mich endlich in Frieden!"

„Keine Angst. Der Benni tut nichts. Ganz ein Lieber ist er!" Sieglinde Köberl knöpfte Käfers Hemd und Mantel zu, zupfte den Schal zurecht. „So. Aufstehen, wir helfen Ihnen! Können Sie gehen? Weit ist es nicht."

„Natürlich kann ich." Käfer schwankte, setzte sich aber in Bewegung. „Danke, euch beiden. Und kann ich jetzt, verflucht noch einmal, erfahren, was los ist?"

Sieglinde hatte Käfers Arm genommen und bestimmte die Richtung. „Später. Wir gehen ins Kulturkino. Am Aschermittwoch ist dort schon ganz früh geöffnet. Katerfrühstück oder Notfall-Aufnahme – je nachdem."

Trotz seines erbärmlichen Zustandes war Käfer sehr beeindruckt. Im Foyer des Kulturkinos reflektierten die zahlreichen Spiegel in seltener Reinheit den Stil der 50er Jahre. Edles Plastik wölbte sich zwischen runden Tapeziernägeln, spannte sich mit zukunftsweisender Glätte über spinnenbeinige Stühle. Hier war es ganz selbstverständlich, dass Sieglindes martialischer Begleiter nach Pitralon roch. Auch sein Erscheinungsbild wirkte zwischen langhaarigen Bohemiens, schräg behüteten Lederhosenträgern und geschniegelten Mods relativ normal. Sieglinde Köberl strich Käfer mit einer mütterlichen Geste das Haar aus der Stirn. „Ich habe mit der Anna telefoniert. Die regelt alles in Aussee. Und der Max wird auch gleich da sein."

„Max?"

„Unser Medizinmann. Studiert zwar noch, ist aber fast fertig. Sie müssen ja schnell wieder auf die Beine kommen, nach allem, was ich so weiß."

„Wenn ich nur geradeaus denken könnte …"

„Wird schon werden. Aha, da ist er."

Max stellte eine museumsreife Doktortasche ab, musterte Käfer und grinste. „Hosen hinunter!"

Sieglinde wandte sich beiläufig ab, Max zückte die Nadel. „Hochdosiertes Vitamin B. Und statt auf einen Männerarsch zu schielen, der dich nichts angeht, Sieglinde, könntest du etwas aus der Drogerie besorgen."

„Was denn?"

„Irgend so eine Turbo-Regenerations-Gesichtsmaske, da kennst du dich sowieso besser aus. Na los, lauf, Mädchen!" Er wandte sich wieder Käfer zu. „Man sagt immer, erfrieren sei so ein angenehmer Tod, direkt lustvoll. Wie ist das?"

„Na ja, ich hab's ja nur in Ansätzen versucht. War aber tatsächlich verführerisch, das alles."

„Hm. Also weiter im Programm."

Max hatte getan, was er konnte, Käfers Gesicht spannte unter einer dicken, cremigen Schicht. Sieglinde Köberl klopfte mit den Fingerkuppen einen munteren Rhythmus auf sein Knie. „Die Mamma ist unterwegs nach Ebensee." Sie kicherte. „Ist sie ja öfter. Na ja, Sie brauchen jedenfalls was Gscheites zum Anziehen für Salzburg. Dieser Eustach Schiller und ein gewisser Mertens werden rechtzeitig mit dem Auto nach Ischl kommen und Sie begleiten."

„Wie zwei Aasgeier. Aber halt – haben Sie Mertens gesagt? Er ist also wieder da?"

„Schaut so aus. Und sag du zu mir und zum Benni. Genug erlebt hätten wir ja miteinander, was?"

„In Ordnung. Wo ist er denn überhaupt?"

„Da kommt er. Schaut aus, als hätt er sich grad ein paar frische Jungfern zum Frühstück gerissen, nicht wahr?"

„Na ja."

Der Glatzkopf stand nun dicht vor Käfer und streckte ihm eine schaufelförmige Hand entgegen. „Benjamin Steinkogler, alias Benni, vulgo Glatzenpolierer. Steinkogler gibt's nämlich fast so viele wie Loidln in Ebensee. Daher der Spitzname."

„Sehr erfreut. Und warum hast du mich damals in Aussee in den Schnee gestoßen?"

„Das Freundlichste, was mir eingefallen ist."

„Und in Ebensee, als du mir den Weg versperrt hast?"

„Haben die Sieglinde, ihre Mutter und ich in Ruhe miteinander reden wollen."

„Übers Wetter?"

„Nein, was Heikleres."

„Übrigens …, der Mann, der dich damals mit der Flasche angegangen ist …, ich war unterwegs mit ihm, heute Nacht."

Benni erschrak sichtlich. „Mit dem Feuersalamander! Da kannst froh sein, dass du nicht im Spital liegst. Der Mensch ist bösartig und jähzornig. Auf mich hat er einen Hass wegen der Sieglinde und dich mag er erst recht nicht, wegen der Familie Köberl."

Käfer stöhnte auf. „Mein Kopfweh und eure Rätsel – das ist mehr als ich aushalte."

Benni nahm Platz, Sieglinde setzte sich auf seine Knie und schlang einen Arm um seinen Nacken. „Alle Männer sind patschert und kompliziert, Daniel. Es ist ganz einfach: Der Benni und ich wollen heiraten, wenn er mit der Lehre und der Berufsschule fertig ist."

„Was lernt er denn? Killer?"

„Gärtner und Florist. In Aussee waren damals übrigens die Anna und ich mit dem Benni im Auto unterwegs. Als dann deine Sabine mitfahren wollte, hab ich dem Benni gesagt, dass er aussteigen und auf uns warten soll. Na ja, es ist dann noch recht lustig geworden, und … irgendwie haben wir auf den Benni vergessen. Da ist er also im Schnee gestanden mit einer Mordswut im Bauch. Was hätt er anderes anfangen sollen mit dir? Ja, und der Feuersalamander … da war einmal fast was zwischen ihm und mir. Aber dann ist er lästig geworden. Und eines Tages hat ihm mein Vater eine gegeben, eine Ordentliche."

„Schön langsam begreife ich. Und den Benni mag er auch nicht?"

„Doch, den schon. Aber er ist halt altmodisch, der Vater, typisch Lehrer und Heimatforscher."

„Hätt er den Benni gern mit Krawatte und Wasserscheitel? Oder im adretten Trachtenanzug?"

„Ach wo, er gibt sich sogar richtig Mühe, tolerant zu sein. Wenn der Benni nur auf die Hälfte seiner Piercings verzichtet, hat er neulich gesagt, verzichtet er auf seine väterlichen Vorurteile."

„Klingt doch ganz gut, oder?"

Benni räusperte sich. „Ja stimmt. Aber es geht ums Prinzip. Kann man ein Prinzip halbieren? Nein, sag ich."

„Mir fehlt der Verstand zum Diskutieren. Aber so viel hab ich jetzt begriffen: Mutter und Tochter waren in diplomatischer Mission nach Ebensee unterwegs."

Sieglinde nickte nachdrücklich. „Es gibt keine bessere Mamma auf der Welt."

„Und warum dann, zum Teufel, diese Anspielungen im Faschingsbrief und eure blöde Maskerade? Entschuldige, Sieglinde."

„Was im Faschingsbrief steht, weiß sowieso fast jeder. Man wird halt ein bissl gepflanzt damit. Und dich haben wir mit der Wirklichkeit zum Narren gehalten, damit wir auch unseren Spaß haben. An alles denkt so ein gscheiter Mensch wie du, nur nicht daran, dass es ganz einfach so ist, wie es ist."

„Wenn's nur immer so wäre!"

Christine Köberl betrachtete Daniel Käfer eingehend. „Man tät's nicht glauben. Schaut aus wie ein Mensch, der Daniel, fast."

„Das täuscht leider. Ich bin ein Wrack, unfähig zu denken oder zu handeln. Salzburg kann ich mir sparen."

„Feigling."

„Ja, sollst Recht haben. Warum kommen Mertens und Schiller eigentlich nach Ischl? Die könnten mich ja auch von hier abholen."

„Könnten sie." Sie umarmte Käfer flüchtig. „Möchtest du denn gar nicht wissen, was der Sepp in Ischl so treibt und mit wem?"

„Ach so …, ja natürlich."

„Glaubst du, dass du eine kurze Autofahrt verträgst, Daniel?"

„Wir werden ja sehen."

Sieglinde und Benni waren in Ebensee geblieben. Käfer saß schweigend neben Christine, weil er fürchtete, dass Reden seine Übelkeit noch verstärken würde. Als er am Ziel der Reise aus dem Auto stieg, war es dann so weit. Hastig begab er sich hinter einen Busch. Christine wartete diskret abgewandt. „Wir machen einen kleinen Spaziergang, dann wird dir gleich besser."

Der Weg führte am Ufer der Ischl entlang, dann über eine Brücke. „Siehst du das Haus da drüben, mit dem merkwürdigen Glaspavillon auf dem Dach?"

„Ja."

„Da wohnt sie."

„Sie?"

„Sie."

Es gab keinen Lift. Daniel Käfer war außer Atem und hatte kalten Schweiß auf der Stirn, als sie endlich unter dem Dach angelangt waren. Christine klopfte, die Tür wurde geöffnet, und Daniel Käfer holte überrascht Luft. Er stand einer Frau gegenüber, die ein altmodisches, oben eng anliegendes Kleid mit langem schwingenden Rock trug und einen reich geschmückten Hut. Ein Schleier bedeckte das Gesicht. Und dann noch der schwere Duft von Maiglöckchen … „Anna!?"

„Wer ist Anna, mon cher? Oh, Madame Christine, quelle surprise! Ich wollte gerade gehen. Aber darf ich dennoch bitten?"

Die zwei folgten ihr in einen kleinen Raum. Wolkenstores und schwere samtene Vorhänge, üppige Teppiche, altmodische Polstermöbel mit bestickten Pölstern darauf. Das zierliche Fräulein war stehen geblieben und nahm nun Hut und Schleier ab. Käfer schaute in ein fein geschnittenes, sehr altes Gesicht.

„Lydia Luzé. Wer gibt mir die Ehre?"

„Daniel Käfer."

„Welch niedlicher Name für einen stattlichen Mann. Macht es euch doch bequem, ihr beiden."

Fräulein Lydia ging zu einer kleinen Anrichte und kam

mit drei goldgefassten Gläsern und einer Flasche zurück, in der eine Flüssigkeit golden schimmerte. „Goldteufel-Likör. Hat früher immer gewirkt, speziell bei älteren Herren."

Käfer nippte, würgte, behielt das Getränk dann aber doch im Magen, Christine nahm einen züchtigen Schluck, Fräulein Lydia leerte ihr Glas, füllte es wieder, trank aus und goss nach. „Lydia Luzé ist mein Künstlername. Wer zahlt schon Spitzenhonorare für eine Eusebia Frosch?"

Daniel Käfer ging es merkwürdigerweise ein wenig besser. „Darf ich wissen, um welche Kunst es geht?"

„Um die Kunst der Kurtisanen, Herr Käfer. Ich bin die Letzte meiner Art, so weit das Auge reicht. Was heutige Liebesdienerinnen so betreiben, ist schandbare Stümperei. Kein Wunder, dass sie sich mit Kreti und Pleti abgeben müssen. Ich hingegen …" Sie stand auf, nahm ein kleines Bild von der Wand und legte es vor ihre Besucher hin. Ein breiter, kunstvoll gearbeiteter Silberrahmen umfasste das leicht verblichene Foto eines Männerkopfes, der Käfer irgendwie bekannt vorkam. Fräulein Lydias unzählige Gesichtsfältchen formierten sich zu einem verträumten Lächeln. „Lawrence of Arabia …, er stand zwar am anderen Ufer, was seine erotischen Vorlieben betraf – ich vermute es jedenfalls –, aber das ließ eine Lydia Luzé nicht gelten, nie. Und dann war noch ein anderer Haudegen orientalischer Prägung zugange, Slatin Pascha, der sich am Traunsee eine hübsche Villa bauen hatte lassen. Nicht mehr der Jüngste, als er an meine Pforte pochte, aber auch das war kein Thema für eine Lydia Luzé, nie. Viel eher habe ich auf Niveau geachtet. Es ist ein rechter Jammer, dass ich die Zeit der gekrönten Häupter in Bad Ischl nicht erleben und mitgestalten durfte. Immerhin war mir das Vergnügen gegönnt, mit Katharina Schratt Tee zu trinken. Wir hatten einander viel zu erzählen."

Christine Köberl nahm noch einen Schluck Likör. „Eine Zeitzeugin der besonderen Art, das Fräulein Lydia. Im Oktober hat sie ihren 95. Geburtstag gefeiert. Ich darf's doch sagen?"

„Sie dürfen, Madame Christine. Ja, irgendwie war ich in der falschen Epoche gelandet, was mein Metier betrifft. Die silberne Operetten-Ära konnte ich nur noch am äußersten Rand vergolden, und die Herren Nazis – was soll ich sagen …, nur immer stramm gestanden war mir stets zu wenig, irgendwie uninspiriert … wie geht es Ihrem Sepp, diesem herrlichen Mannsbild?"

„Er hat schon wieder Sehnsucht nach Ihnen, Fräulein Lydia."

„Wer will es ihm verdenken? Zur schreibenden Zunft bestand für mich seit jeher eine ganz besondere Affinität. Lydia Luzé ist in so manches Werk eingeflossen, das noch heute Gültigkeit hat. Und ich möchte meinen, dass nicht wenige literarische Frauengestalten ohne mein Zutun recht blutleer geblieben wären. Einer meiner Musensöhne wirkt und werkt übrigens heute noch immer, hoch geachtet und viel gelesen. Mon dieu, er war so jung damals, und ich an der Schwelle des Alters. Wir korrespondieren nach wie vor, und ich werde mich hüten, seinen Namen zu nennen."

23

„Die liebe Lydia …, manchmal glaub ich, dass die Fantasie mit ihr durchgeht. Aber der Sepp meint, dass alles wahr ist, was sie erzählt. Es gibt in Ischl ältere Herren, die sie aus ihrer aktiven Zeit kennen. Na, und die trauen ihr eigentlich jede lustvolle Schandtat zu. Für den Sepp ist sie ein faszinierendes Forschungsobjekt und eine bezaubernde Seelenfreundin."

Christine Köberl schaute mit schmalen Augen in die Wintersonne. „Wir haben Zeit, und du musst was essen, Daniel, wenigstens eine Suppe. Gehen wir zum Attwenger?"

„Meinetwegen."

„Angenehm ist es da." Sie schob den leeren Teller von sich und hob ihr Glas. „Prost und auf dein Wohl, Daniel! Das gilt auch mit Mineralwasser."

„Danke, Christine. Und du meinst wirklich, dass ich nach Salzburg soll?"

„Ja. Kein Wort mehr darüber."

„Und der Sepp? Heute ist ja Mittwoch. Wundert mich eigentlich, dass du ihn allein lässt."

„Und wenn er allein sein will?" Christine Köberl stand auf und ging eilig davon.

Käfer schaute ihr nach, grübelte und war froh, als sie nach wenigen Minuten wiederkam. „Was war denn los mit dir?"

„Ich bin aufs Klo heulen gegangen. Wie tät denn das ausschauen, hier am Tisch."

„Du erzählst mir ja doch nichts, oder?"

„Morgen ist ein anderer Tag, für alle miteinander."

„Ja. – Du, Christine …"

„Sag jetzt nur keinen Blödsinn!"

„Also, in aller Unschuld, na ja fast in aller Unschuld, mag ich dich ungeheuer gern."

Sie schwieg, lächelte, schwieg. Dann schnurrte ihr Handy wie eine zufriedene Katze. „Hallo, Herr Mertens? Sie sind also in Ischl, sehr gut! Wir sitzen im Weinhaus Attwenger."

Eustach Schiller näherte sich eilfertig. „Frau Köberl! Wie schön!"

„Ich weiß nicht recht."

Henning Mertens fasste Käfer nachdenklich ins Auge. „So sehr ich den Versuch anerkenne, den Verwüstungsgrad meines Gesichtes nachzuahmen …, muss es ausgerechnet heute sein?"

„Mein Fehler, ja. Was war in Frankfurt? Warum sind Sie zurückgekommen?"

„Um an Ihrer Seite blitzenden Auges ins Inferno zu reiten. Mit anderen Worten: Bringen wir's hinter uns."

„Und warum wir?"

„Warum nicht? Herr Schiller meint übrigens, vielleicht auch das eine oder andere Aperçu beitragen zu können. Die See ist stürmisch und Sie brauchen Lotsen, Herr Käfer. *Links müsst Ihr steuern, hallt ein Schrei. Kieloben treibt das Schiff zu Lande und sicher fährt die Brigg vorbei.*"

„Ich bin keine Brigg, sondern ein Wrack, und so was von versunken. Ihren Opfermut können Sie sich sparen. Sind Sie mit meinem Dienstauto gekommen?"

„Wie denn, wenn Sie den Schlüssel haben? Frau Kremser war so freundlich, uns ihren Wagen zu leihen. Sie wartet in Aussee auf uns, stellt schon mal den Champagner kalt. Ich bin hierher gefahren und werde Sie nach Salzburg chauffieren. Sie haben jede Menge Restalkohol im Blut und einen Führerschein zu verlieren. Beides trifft auf mich nicht zu."

„Nüchtern, Herr Mertens?"

„Seit einer halben Ewigkeit. Eine Erfahrung, die mich irgendwie beunruhigt. Brechen wir auf? Ich bin übrigens so einigermaßen informiert, Details erzählen Sie mir unterwegs. Herr Schiller, Sie sollen nicht schäkern. Hurtig, hurtig, die Herren!"

Mertens lenkte das Auto erstaunlich besonnen, hörte Käfer aufmerksam zu und stellte nur wenige, aber präzise Zwischenfragen. Schiller, der auf dem Rücksitz Platz genommen hatte, schwieg die ganze Fahrt über. Eine halbe Stunde vor dem Termin waren die Männer am Ziel. Mertens parkte ein. „Wir gehen hinein und warten am Ort des Geschehens. Macht sich immer gut, wenn der Richter vor den Angeklagten tritt und nicht umgekehrt."

Für das Gespräch war ein ruhiger Nebenraum reserviert worden. Käfer ging nervös auf und ab, Schiller las in einem mitgebrachten Buch, Mertens saß ruhig da und starrte auf die Tür.

Auf die Minute pünktlich betrat ein kleiner, schmaler Mann den Raum, ihm folgte Bruno Puntigam, der einen erstaunten Blick in die Runde warf. „Was für eine illustre Versammlung! Ein ausgebrannter Koksofen, ein k.k. privilegierter Immobilien-Onaneur und du, mein armer Bub."

Der schmale Mann nahm schweigend Platz, legte die Hände aneinander und dachte nach. Dann hob er den Kopf. „Guten Tag, die Herren. Mein Name ist Konrad Klett. Ich bin in Ihrer Sache entscheidungsbefugt, Herr Käfer. Glauben Sie mir bitte, dass ich dieses Gespräch nicht gern führe. Haben Sie Probleme? Sie sehen blass aus."

„Keine Probleme, einen Kater. Mich hat es heute Nacht schwer erwischt, Herr Klett."

„So? Ich will gleich zur Sache kommen. Sie haben von uns einen Vertrag erhalten, und Herr Puntigam hat Sie dringend ersucht, rasch zu reagieren, damit wir wissen, ob und unter welchen Umständen wir mit Ihrer Mitarbeit rechnen dürfen."

„Bruno Puntigam hat mir geraten, nicht rasch zu reagieren."

„Ach ja. Etwas anderes wiegt schwerer: Sie sind gebeten worden, uns mit einem kleinen Konzept zu zeigen, wie Sie Ihre Aufgabe anpacken wollen. Nichts ist geschehen, im Gegenteil: Sie waren mit diesem Salzkammergut-Buchprojekt hinter unserem Rücken für Ihren alten Arbeitgeber tätig."

„Bruno Puntigam …"

„Hat Sie dazu angehalten, nicht wahr? Machen Sie mich nicht ärgerlich, Herr Käfer. Schließlich, um das traurige Bild abzurunden, das wir von Ihnen bekommen mussten, haben Sie auch noch auf Rechnung von Schaukal & Kappus einen teuren Leihwagen bestellt. Sind Sie übrigens damit nach Salzburg gekommen?"

„Nein …"

„Sehr schlau. Auf diese Weise erschweren Sie uns den Zugriff. Aber das sollte kein Problem sein. Wenn es etwas zu sagen gibt, Herr Käfer – ich höre."

„Ja, ich möchte Bruno Puntigam fragen, warum er mich erst haben wollte und dann dieses intrigante Spiel mit mir getrieben hat."

Puntigam war aufgestanden und ein paar Schritte zurückgewichen. „Ich muss es leider sagen, Daniel: Es riecht nicht gut in deiner Nähe. Mit Zähnen und Klauen habe ich dich verteidigt, trotz deiner Eskapaden, um es einmal höflich zu formulieren."

Konrad Klett nickte. „Das kann ich bestätigen."

Käfer schaute Puntigam ruhig ins Gesicht. „Ja, du hast mich verteidigt, aber zuvor verleumderisch in eine unhaltbare Position gebracht."

„Warum sollte ich, armer, verwirrter Bub? Warum habe dich aufgestöbert in diesem verdammten Schneeloch voller

Narren, warum habe ich dich heißblütig und entschlossen umworben? Weißt du eine Antwort darauf, Daniel, eine nur halbwegs vernünftige?"

„Nein."

„Na also. Du machst mich traurig, Bub, es hätte so schön werden können."

Daniel Käfer dachte nach. Dann wandte er sich an Konrad Klett. „Bruno Puntigam hat mir Schaukal & Kappus als ein in mancher Hinsicht unkonventionelles Unternehmen geschildert. Wollen Sie sich Zeit für eine närrische Geschichte nehmen oder halten Sie es für vernünftig, das Gespräch jetzt gleich zu beenden?"

Klett seufzte. „Die Bühne gehört Ihnen. Erwarten Sie keinen Applaus."

Käfer nahm einen Schluck Wasser. „Es geht um Masken. Um ein junges Mädchen, das mich als Gewalttäter bedrängt und als schwül duftende Hetäre, um üble Gerüchte, aus denen harmlose Wirklichkeit wird, um ein wüstes, wirres Spiel, das noch nicht zu Ende ist. Heute früh bin ich im Vollrausch auf einer Parkbank in Ebensee eingeschlafen und war knapp daran zu erfrieren. Gerettet hat mich ein glatzköpfiger, tätowierter Kerl mit unappetitlichen Piercings, gemeinsam übrigens mit jenem Mädchen, das ich vor ihm retten wollte. Ich hatte ihn für meinen gefährlichsten Widersacher gehalten. Und heute Vormittag habe ich mit einem greisen Fräulein Goldteufel-Likör getrunken. Sie ist zwar die Freundin eines Freundes, doch wenig geeignet, dessen Ehe zu stören."

Klett räusperte sich. „Darf ich unterbrechen? Ganz abgesehen davon, dass Sie uns ein farbiges Bild Ihrer Lebensweise geboten haben … Nichts ist so, wie es scheint … – ist es das, was Sie uns nahe bringen wollen? Dann habe ich begriffen und bitte Sie abzukürzen."

„Ich werde nicht abkürzen. *Wenn du es eilig hast, mach einen Umweg.* Dieser Satz steht im Tagebuch des seltsamen Künstlers Herzmanovsky-Orlando. Auch er gehört ins Maskenspiel. Und natürlich Bruno Puntigam mit seinen vielen Gesichtern. Ich habe immer mit Wörtern, Sätzen und Geschichten gelebt, Herr Klett. Also werde ich Sie jetzt mit einer Kostprobe aus dem Gedächtnis erfreuen. Zum Thema Vertrag also Bruno Puntigam im Originalton: *Unterschreibe den Vertrag nicht überstürzt. Dein Bruder soll ruhig prüfen, ob da und dort nicht doch was zu verbessern wäre.* Zum Thema Konzept zitiert Daniel Käfer Daniel Käfer: *Ich möchte sehr rasch wissen, ob ich mir die Aufgabe zutrauen kann, und gleich auch ein paar Denkansätze auf den Tisch des Hauses legen – als konkrete Entscheidungsgrundlagen.* Darauf Bruno Puntigam: *Du brauchst keine Aufnahmeprüfung abzulegen, Daniel. Wir wollen deinen Kopf und deinen Namen. Du bist ja nicht irgendwer.*

Wenig später: *Was hast du dir da für eine ungeheure Arbeit angetan, Daniel! Oh weh, ich sehe eine vorwurfsvolle Miene ... und natürlich hast du Recht. Das freche Eindringen in dein Zimmer war impertinent und der Griff nach deinem geistigen Eigentum unverzeihlich. Aber die Neugier ist ein Luder.*

Ja, und das Buchprojekt wollte und sollte ich natürlich nicht für meinen alten Arbeitgeber verfolgen, sondern für Schaukal & Kappus. Dazu Bruno Puntigam: *Du solltest nach diesem intellektuellen Bauchaufschwung erst einmal eine Lockerungsübung machen. Denk an dein Buch, Daniel! Wirf dich dem Fasching in die unkeuschen Arme!*

Und letztlich, was den Leihwagen betrifft, da gibt es sogar einen Brief, in dem zu lesen steht: *Daniel, alter Uhu, ich hoffe, du hast Spaß am neuen Fahrzeug – ein Citroën, wie deine Ente, aber doch eine Spur größer und verdammt schnell.*

Ich bin mir ziemlich sicher, dass ich richtig zitiert habe, ein paar falsche Wörter ausgenommen. Mein Satzgedächtnis funktioniert immer wieder verblüffend gut, daran ändert auch mein heutiger Zustand nichts. Sie können dazu gerne ehemalige Mitarbeiter aus meiner Redaktion befragen."

Klett schwieg, Bruno Puntigam rückte an ihn heran. „Wissen Sie jetzt, warum ich den Schlanker unbedingt haben wollte? Ein geistiger Schnellschütze, zieht rascher als Lucky Luke, und der zieht schneller als sein Schatten. Ein Meister der verbalen Mimikry und des gedanklichen Florettfechtens, dieser wundersame Wortverdreher. Leider auch ein bedenkenloser Schwindler und Taschendieb. Übrigens sollten wir uns das ominöse Schriftstück zeigen lassen, Herr Klett, ich bin mir nämlich nicht bewusst, es geschrieben zu haben."

Mertens reichte ein Blatt Papier über den Tisch. „Hier ist es. Es schien mir ratsam das Schreiben mitzunehmen."

Puntigam las und gab den Brief seufzend an Klett weiter. „Armer, dummer Bub! Wer lügt und betrügt, sollte wenigstens auf der Höhe seiner Zeit sein. So habe ich als Student unterschrieben. Der gute Daniel hat leider einen ziemlich antiquierten Schriftzug gefälscht. Es ist doch gestattet, dass mir ein wenig übel wird?"

Käfer hätte jetzt viel für einen doppelten Schnaps gegeben. Er atmete tief durch. „Da ist noch etwas, Herr Klett. In meinem Konzept, das Bruno Puntigam offenbar für seines ausgibt, stehen ein paar Sätze, die ich aus meinen früheren Arbeiten entnommen habe. Ich war unter Zeitdruck und habe es mir erlaubt, griffige Formulierungen an passender Stelle wieder zu verwenden."

Puntigam lehnte sich entspannt zurück und grinste. „So Sachen wie *Kaufleute, die Visionäre achten, und Visionäre, die manchmal sogar Kaufleute verstehen* … natürlich habe ich das von dir, Daniel. Eben weil ich deine Arbeit besser kenne als mein Spiegelbild, musste ich dich ja haben. Und, sentimental wie ich bin, wollte ich dir die Chance geben, wenigstens in Spurenelementen in meinem Werk vorzukommen – während du nichts Besseres zu tun hattest, als Saufpartien mit einem impotenten Lustgreis zu unternehmen, vor dem ich dich gewarnt habe. Hab ich doch, stimmt's?"

„Ja, hast du."

Bruno Puntigam stand auf und ging Käfer mit ausgestreckter Hand entgegen. „Daniel, alter Uhu, ich kann's nicht vermeiden, dich zu lieben, auch wenn es mit der Achtung nicht mehr gar so weit her ist. Du hast Mist gebaut, man wird dich nicht mehr haben wollen. Aber du kennst mich unverbesserliches Irrlicht. Vielleicht werde ich bald einmal anderswo erstrahlen, auch wenn jetzt Herr Klett so streng blickt. Dann werde ich an dich denken und einen neuen Anfang mit dir wagen. Versprochen, Daniel, innigst versprochen!"

Käfer stand auf, spuckte Bruno Puntigam vor die Füße und wandte sich ab.

24

Klett machte Notizen. „Ich sehe, dass Sie tatsächlich ein hochinteressanter Partner für uns hätten sein können, Herr Käfer. Aber ich erkenne keinen Anlass dazu, Ihre verzweifelte Talentprobe gegen unser Vertrauen in einen bewährten und geschätzten Mitarbeiter aufzuwiegen. Tja, tut mir Leid."

„Herr Puntigam?" Käfer war erstaunt, Eustach Schillers Stimme zu hören. „Darf ich Sie fragen, ob Sie sich des Namens Otto Wildendorf entsinnen? War ein alter Freund von mir."

„Ich entsinne mich nur ungern, wenig verehrter Herr Schiller. Ein Kulturplauderwastl. Eine Seifenblase hat mehr Substanz. Aber er weilt bei den Ahnen. De mortuis nil nisi bene."

„Sein Kreativkonzept für Weiden in der Oberpfalz gleicht Ihrem Projekt für Tulln. Satz für Satz, möchte ich meinen."

„Ja klar. Otto ging's damals schlecht, ich habe ihm die Arbeit abgekauft, zu einem weit überhöhten Preis. Aber was soll's, ich helfe eben gerne. Und bei Gelegenheit habe ich sie dann verwendet – mit Ergänzungen und Verbesserungen meinerseits. So einfach ist das Leben. Aber Immobilienheinis denken wohl so unehrlich wie sie sind. Noch was?"

„Nein."

„Dann erlaube ich mir zu gehen. Ich habe das dringende Bedürfnis, einige Bitterkeit hinabzuspülen."

„Bleiben Sie mal ruhig da, Herr Puntigam." Mertens hatte einen Unterton in der Stimme, der Käfer neu war.

„Und kannst du mir sagen warum, du medialer Totalschaden?"

„Darf's auch eine korrekte Anrede sein? Ich kann mich nicht erinnern, mit Ihnen über den selben Zaun geschissen zu haben."

„Gott bewahre! Also, es sei, Herr fristlos entlassener Herausgeber, Herr vielmals verjagter Chefredakteur, Herr Bankrottier, Betrüger, Säufer, Kokser und Hurenbock."

„Schon besser. Ich war in Frankfurt, um alte Kontakte neu zu knüpfen …"

„… und um zu betteln. Erbärmlich. Geht aber wohl nicht mehr anders, wie?"

„Nein. Es ist um Arbeit gegangen. Eine große Geschichte für ein entsprechend großes Nachrichtenmagazin. Ihren Weg, Herr Puntigam, säumen ja nicht nur Leichen, sondern auch Blessierte und andere Geschädigte, die überlebt haben – war nicht schwierig, sie zu finden. Das Ergebnis wird der längst fällige Report über Bruno Puntigams Methoden sein. Gefällt Ihnen ein Titel wie *Der Taschenspieler*? Oder finden Sie *Der Blender* besser? Das Material hat's in sich. Der Autor wird über jeden Zweifel und jede Anfechtung erhaben sein. Meine unwerte Person war nur der Katalysator. Die Story kann bald erscheinen, muss aber nicht."

Bruno Puntigam war blass geworden. Er ging auf Mertens zu. „Dreckskerl! Und Sie denken, Ihre Rattenkampagne kratzt mich?"

„Ja. Das denke ich."

Puntigam senkte den Kopf.

„Schluss jetzt!" Daniel Käfer presste seine Hände gegen die Schläfen. „Danke, Herr Schiller, danke Herr Mertens, dass Sie sich so ins Zeug gelegt haben für mich. Aber es reicht. Lüge und Intrige sind genau so wenig meine Welt wie Rufmord und Erpressung. Wenn es offenbar nur noch auf diese Weise möglich ist, beruflich zu überleben, verzichte ich darauf. Ich gehe."

„Augenblick, Herr Käfer!" Konrad Klett erhob sich langsam. „Ich komme mit Ihnen nach draußen, wenn's recht ist. Es …, es riecht hier tatsächlich nicht gut."

Daniel Käfer betrachtete Mertens, der wieder am Steuer saß. „Mit Verlaub, Sie erinnern mich an eine fette Kröte, die eben ihren Laich abgelegt hat."

„Und ich habe nur geringe Mühe damit, Sie als warmduschendes Weichei zu sehen, auch wenn das Bild mehr als gewagt ist. Worüber haben Sie mit Klett gesprochen?"

„Medialer Kannibalismus war eines der Themen."

„Sie Schmeichler. Was noch?"

„Er will mich und meinen Bruder am Montag in Graz treffen. Sieht wirklich gut aus. Jetzt aber im Ernst, Herr Mertens. Was ist an Ihrer Enthüllungsgeschichte dran?"

„Dass Ihnen Puntigam auf die Pelle rücken wollte, konnte ein Blinder mit dem Krückstock ertasten. Es musste also schnell gehen. Ich will es einmal so sagen: Im Ansatz funktioniert die Geschichte, und ich weiß ja so allerlei von früher. Von ordentlicher Recherche konnte natürlich keine Rede sein. War ja verteufelt wenig Zeit. Ist doch gut, wenn einem alles Schlechte zugetraut wird."

„Und wie geht's weiter?"

„Meine Giftpfeile bleiben vorerst im Köcher. Mit Herrn Puntigam habe ich Klartext geredet. Er hat unumwunden zugegeben, dass er von seiner Aufgabe bei Schaukal & Kappus völlig überfordert war. Ist ja nichts Neues bei ihm. Also wollte sich dieser geübte Schmarotzer Daniel Käfer als Wirtspflanze heranziehen. Doch spätestens als er Ihr Konzept in Händen hatte, war ihm klar, dass Sie ihn bald in den Schatten stellen würden. Er reagierte rasch und skrupellos, dumm ist er ja nicht. Dass er sogar seine eigene Unterschrift verfälscht hat, darf übrigens als genial gelten. Das Spiel war kaum noch zu gewinnen, trotz Konrad Klett, der ein integrer Mann ist. Ihr denke, Ihr glänzend vorgetäuschter Anfall von Moral und Sitte hat ihn überzeugt, Herr Käfer."

„Das war echt."

Mertens bremste so heftig, dass der Wagen ins Rutschen kam. Er hielt am Straßenrand und schaute Käfer entgeistert ins Gesicht. „Wohl besoffen von der Milch der frommen Denkungsart? Wie haben Sie es bisher nur geschafft, durch's Leben zu kommen? Sie brauchen ein Kindermädchen!"

„Ein Henning Mertens tut's auch."

„Das wird sich erst weisen müssen. Puntigam wird Schaukal & Kappus jedenfalls freiwillig verlassen. Dass er dabei eine Abfertigung in Schwindel erregender Höhe kassiert, dürfen Sie unterstellen. Außerdem will er, rachsüchtig wie er ist, mit Ihrem so genannten Freund Heinz Rösler Kontakt aufnehmen. Aus dieser Ecke wird in nächster Zeit nichts Gutes kommen, wie ich ahne." Mertens zögerte. „Haben Sie …, haben Sie mit Klett auch über mich gesprochen?"

„Ja."

„Was weiter?"

„Er schätzt Sie."

„Aber?"

„Nur ein Vertrag auf Zeit, mit einem halben Jahr befristet. Er möchte sehen, ob es Ihnen wirklich gelingt, wieder Tritt zu fassen. Was ist? Enttäuscht?"

„Wie? Was? Enttäuscht? Ich? Gott sei's getrommelt und gepfiffen!" Mertens' Faust landete wuchtig auf Käfers Knie. Dann hatte er sich wieder gefasst. „Ich kann's kaum glauben. Ob ich durchhalte, wird sich zeigen. Ob Sie mich aushalten, wage ich zu bezweifeln. Darauf sollten wir eigentlich etwas trinken. Oder vielleicht doch nicht."

„Sie sagen es, teurer Freund!" Eustach Schiller beugte sich nach vor. „Darf ich eine gesunde Alternative vorschlagen? Mir ist nach frischer Luft und etwas Bewegung. Da vorne rechts geht ein Weg den Hang hinauf zum Waldrand. Versuchen Sie einen Parkplatz zu finden, Herr Mertens."

„Parkplatz? Sehr wohl, Herr Schiller. Und vielleicht lässt sich ja auch eine Sprung-Rodel auftreiben."

„Idiot."

„Danke, gleichfalls."

Schiller war nach wenigen Minuten außer Atem. Er zog eine dicke Taschenuhr hervor. „Viel Zeit haben wir nicht, meine Herren. Wir sollten gegen 19 Uhr in Bad Ischl sein. Wie schon erwähnt, bin ich in der Sache Sepp Köberl tätig geworden. Jetzt weiß ich mehr und weiß erst recht nicht weiter. Denken wir also miteinander nach. Aber das geht nicht so recht im Gehen. Ein gemeinsames Kunstprojekt wäre vielleicht die bessere Basis."

Käfer warf mit einem Schneeball nach Schiller. „Was schwebt Ihnen vor?"

„Die Errichtung einer Skulptur im öffentlichen Raum, als Objekt der dreidimensionalen Gesamtheit, als Grenzposten des Alltags. Kurz gesagt: Ein Schneemann. Frisch Gesellen, seid zur Hand, wie der Dichter sagt. Henning Mertens wird sich seinen fassförmigen Leib zum Vorbild nehmen und den Unterkörper modellieren. Ich selbst werde mein Talent an die Brust verschwenden, in der bekanntlich die edleren Organe ihren Sitz haben, und den Kopf wollen wir neidlos Daniel Käfer überlassen."

Die drei Männer gingen ans Werk. Mertens mit mürrischem Ungeschick, Schiller behend und kunstfertig, Käfer mit sichtlichem Unwillen, weil er sich kaum bücken konnte, ohne rasende Kopfschmerzen zu bekommen. „Also, was ist jetzt mit dem Sepp, Herr Schiller?"

„Ich muss ausholen. Vor etwa zehn Jahren hat er mit der Arbeit an seinem Buch über Aussee begonnen. Mehr oder weniger im Auftrag der Gemeinde."

„Mehr oder weniger?"

„Es gab mündliche Abmachungen. Herr Köberl wollte nichts an diesem Werk verdienen, wohl aber die Spesen gedeckt wissen und sicher sein, dass die Finanzierung von Druck und Bindung gewährleistet ist. Alles kein Problem, wurde ihm versprochen, auch das Land Steiermark würde bestimmt seinen Teil dazu beitragen. Allerdings wünschte man sich gründliche Recherche, das Studium von Primärquellen, insgesamt eine Fülle bislang unbekannten Materials. Die Wortführer seitens der Gemeinde kennen Sie übrigens, Herr Käfer."

„Ja? Wirklich?"

„Die drei Pleitegeier auf dem Dach – die Zeichnung im Faschingsbrief, Sie erinnern sich!"

„Verstehe! Dann waren die zwei Frauen unterhalb der Leiter Christine und Sieglinde, und die Muse im Fenster war Fräulein Lydia."

„Lydia?"

Käfer erzählte.

„Ei der Daus! Darf ich bei Gelegenheit darum ersuchen, Mademoiselle vorgestellt zu werden? Mir klopft schon jetzt das Herz bis zum Halse!"

„Alter Schwerenöter! Bleiben Sie gefälligst beim Thema."

„Gewiss. Sepp Köberl ist mit ungeheurem Fleiß an die Arbeit gegangen, und er hat einigen Aufwand dabei getrieben. Jahrelang verbrachte er jede freie Minute in Archiven, keine Erkundung, keine Reise war ihm zu mühsam. Und das alles musste von seinem Lehrergehalt finanziert werden, weil die versprochenen Entschädigungen auf sich warten ließen. – So, meine Herren, ich sehe, dass wir mit dem Gesamtaufbau beginnen können. Vermeiden Sie Sepp Köberls Fehler, Herr Mertens, und sorgen Sie für ein solides Fundament Ihrer Arbeit. Bestens! Und jetzt setzen Sie meinen Bauteil auf. Ich fühle mich nämlich etwas schwach. Nun, Herr Käfer, Sie dürfen das Wort Behauptung zur Abwechslung einmal ganz konkret verstehen."

Die drei traten zurück und betrachteten ihr Werk. Schiller grinste. „Ich meine, eine gewisse Ähnlichkeit mit

Bruno Puntigam zu erkennen. So gesehen, scheint es mir sinnvoll zu sein, zwei Münzen für die Augen zu opfern." Käfer brach einen Zweig vom nahe stehenden Gestrüpp ab. „Von mir bekommt er eine hölzerne Pinocchio-Nase." Mertens nahm einem kleinen Anlauf. „Und von mir einen Tritt in den Arsch."

Schiller blickte elegisch auf den Rest des Schneemannes hinunter, bückte sich und barg die beiden Münzen. „Sic transit gloria mundi. Ach, ich war schon origineller. Wie auch immer: Nach fast acht Jahren war Köberls Arbeit endlich abgeschlossen. Als er mit Nachdruck die Abgeltung seiner Spesen und die Herstellung des Buches einforderte, wurde er mit einer neuen Finanzierungsvariante beruhigt: Es würden große Mengen von Büchern angekauft werden, so viele, dass bestimmt auch noch ein kleiner Gewinn herauskäme. Handschlag, Hand aufs Herz, große Beteuerungen. Nichts Schriftliches. Köberl publizierte seine Arbeit also im Eigenverlag und verschuldete sich bis über beide Ohren. Das Buch wurde zum Standardwerk, wie Sie wissen, man hat Köberl gelobt und geehrt, doch von den großartigen Zusagen wurde bis heute nur ein beschämend kleiner Teil eingehalten. Seit geraumer Zeit kämpft ein Ischler Anwalt gemeinsam mit Köberl gegen den Konkurs. Ich kenne den Rechtsgelehrten natürlich, weil es keinen Anwalt im Salzkammergut gibt, mit dem ich noch nichts zu tun gehabt hätte."

„Verstehe." Daniel Käfer stocherte mit der Schuhspitze in Bruno Puntigams Überresten. „Der Sepp meint wohl, dass er durch sein naives Vertrauen mitschuldig an der Misere ist, geniert sich und ist wütend. Er will das allein durchstehen. So ein Dickschädel."

„Natürlich war mir bekannt, Herr Käfer, dass es finanzielle Probleme gibt, doch die näheren Umstände haben mich nicht wirklich interessiert. Aber ich wäre bereit gewesen, für die Herzmanovsky-Mappe viel mehr als den Marktwert zu zahlen. Er hat wütend abgelehnt, vermutlich weil er nicht wollte, dass auch noch das Vermögen seiner Frau gefährdet ist."

„Und heute? Was soll heute passieren, Herr Schiller?"

„Das ist es ja. Ich weiß es nicht so recht. Wir reden in Ischl darüber weiter. Kommen Sie, meine Herren, es ist Zeit!"

25

Schiller blickte zufrieden um sich. „Spiegel, Schnörkel, Marmor, Gold ... Es gibt keinen besseren Platz als diesen, wenn es darum geht, festlich und mit Stil den Bankrott zu feiern."

Käfer nippte am Mineralwasser. „Dem Sepp wird heute wohl kaum nach feinen Konditoreiwaren im Zauner zumute sein."

„Wir werden ja sehen. Nun zu meinem Problem. Am Montag war Köberl in Ischl, und sein Anwalt konnte ihm kaum noch Hoffnung machen. Während wir es uns gut gehen lassen, findet unweit von hier eine Gläubigerversammlung statt. Eigentlich war sie dazu bestimmt, Köberls finanzielles Todesurteil zu sprechen. Das konnte ich diskret mit der Übernahme einer Ausfallshaftung hinauszögern. Ich kann allerdings nicht verhindern, dass sich Herr Köberl durch mein Eingreifen belästigt und gedemütigt fühlt. Dr. Gabriel hat mir zugesagt, mit seinem unglückseligen Klienten nach der Besprechung hierher zu kommen. Also was tun? Um Himmels willen, da sind sie schon!"

Henning Mertens packte Schiller am Oberarm. „Ich führe Regie. Kein Widerspruch. Prügeln können wir uns nachher."

Käfer ging dem Anwalt und Köberl entgegen. „Grüß dich, Sepp. Bitte dreh nicht durch. Hör erst einmal zu."

Keine Antwort.

Die Männer saßen dann schweigend da, Sepp Köberl schaute sich unruhig lauernd um, als wolle er angreifen oder fliehen.

Mertens betrachtete ihn interessiert. „Sie haben den Eindruck, dass man mit Ihnen spielt. Sie haben Recht. Aber lassen Sie mich die Karten auf den Tisch legen. Ich bin übrigens Henning Mertens. Herrn Käfer kennen Sie. Er ist harmlos. Das will ich von Herrn Schiller nicht behaupten. Ein rechtes Schlitzohr, der Mann. Und was meine wenig ehrenwerte Restexistenz betrifft: Ich war so weit oben, dass es einige Jahre gedauert hat, bis ich im freien Fall den Tiefpunkt erreicht habe. Es gibt keine Gemeinheit, die ich nicht kennen lernen musste und fast keine, die ich nicht irgendwann begangen hätte. Sie wirken unruhig, Herr Köberl, langweile ich Sie?"

„Nein. Ich möchte nur gern wissen, warum ich hier sitze."

„Weil Sie erfahren sollen, warum Sie die heutige Gläubigerversammlung überlebt haben."

„Hat vielleicht dieser verdammte Schiller …?"

„Dieser verdammte Schiller hat."

„Was geht ihn mein Leben an?"

„Einen Dreck. Er geht seinen Geschäften nach, wie üblich."

„Dann soll er den Mund aufmachen und die Wahrheit sagen. Was will er?"

„Wir werden ihn peinlich befragen, wenn's recht ist. Herr Schiller, Sie haben diese Ausfallshaftung übernommen, weil Sie Ihre klebrigen Finger nach dem Verlag von Herrn Köberl ausstrecken, nicht wahr?"

Eustach Schiller ließ das Tortenstück, das er eben zum Mund führen wollte, sinken. „Wie? Eh, ja. So kann man das wohl sagen. Obgleich meine Finger …"

„Keine Einzelheiten. Ihre Erfahrung als Schriftsteller beschränkt sich auf das Abfassen hinterlistiger Geschäftsbriefe und Ihre Kenntnisse vom Metier des Publizisten und Verlegers tendieren gegen null, oder irre ich mich?"

„Da mögen Sie Recht haben."

„Sie sind also nicht so dummdreist, Herrn Köberl seinen Verlag aus der Hand nehmen zu wollen?"

„Nein, bin ich nicht. Mich betrübt diese Unterstellung."

„Nur keine Sentimentalitäten. Obwohl …, nun ja, ich konnte mich in den letzten Tagen des Eindrucks nicht erwehren, dass der gute Eustach Schiller im Grunde genommen ein armes Schwein ist. Sucht Nähe und findet sie nicht. Möchte seinem Leben Inhalt geben. Doch Sinn kann man nicht kaufen. Was sagen Sie, Herr Käfer?"

„Man kann es nicht treffender ausdrücken."

„Danke. Herr Schiller war im Publikum, Herr Köberl, als Sie in der Traube Ihren fulminanten Faschingsbrief vorgetragen haben. Dabei hatte er einen recht passablen Einfall, stimmt's?"

Schiller schaute unsicher drein und dachte angestrengt nach. „Ich …, ich wünschte mir damals, ich könnte an Ihrem Verlagsprojekt mitwirken. Als Teilhaber, als stiller Teilhaber, wie ich betonen möchte!"

Mertens grinste. „Mit anderen Worten: Er zahlt, schafft aber nicht an. Sie allein bleiben der Verleger, Sie bestimmen das Programm."

Köberl hatte erst mit geweiteten Augen zugehört. Dann schob er seine Kaffeetasse mit einer heftigen Bewegung von sich. „An Weihnachtsmänner glaub ich längst nicht mehr. Schon gar nicht am Aschermittwoch, Herr Mertens."

„Sie tun gut daran. Sie holen sich mit dem lieben Herrn Schiller einen Vampir ins Haus. Er wird an Ihrer Arbeit teilhaben wollen, Ihre Projekte mit aufdringlicher Anteilnahme begleiten und Ihnen eines Tages auch noch ein erbärmliches Werk aus seiner eigenen Feder zwecks Veröffentlichung aufschwatzen. Ein Schiller gibt keinen schlaffen Cent her, ohne dafür etwas haben zu wollen. Ich fürchte sogar, dass er insgeheim hofft, Sie könnten irgendwann meinen, einen klugen und sympathischen Partner zu haben."

Schillers Gesicht hatte sich auf eine erstaunliche Weise verändert, war runder, weicher, eulenhafter geworden. „Also ..., wenn ich ehrlich bin – war ich das je? – na ja, es kann nicht schaden, einmal damit anzufangen ..., ein wenig lästig würde ich Ihnen schon fallen, Herr Köberl. Aber bedenken Sie: Ihr Können und mein kaufmännisches Talent ..., in ein paar Jahren kann sich ein netter, kleiner Konzern wie Schaukal & Kappus warm anziehen! Na gut, ich will nicht übertreiben. In aller Kürze demnach und so herzlich, wie ich es zustande bringe: Es wäre mir eine große Freude. Was ist? Warum schweigen Sie?"

Sepp Köberl dachte lange nach. Dann stand er auf und streckte Schiller die Hand hin.

Eine Stunde später saßen die Männer noch immer am Tisch, nur Dr. Gabriel war gegangen. Schiller betrachtete seinen neuen Vertragspartner sinnend. „Herr Köberl ..., darf ich noch ein Thema ansprechen, das mir am Herzen liegt, auch wenn's Ihnen bestimmt nicht angenehm ist?"

„Den Herzmanovsky."

„Ja. Ich denke, Sie wollten nicht verkaufen, um das Vermögen Ihrer Frau zu schonen?"

„Ja, auch."

„Was noch? Wenn Sie meinen, dass es mich nichts angeht, verweigern Sie einfach die Antwort."

„Die Christine hört diese Geschichte nicht gerne. Aber zum Teil ist sie ja ohnehin bekannt. Der gute Herzmanovsky war offenbar auch ein mystisch verbrämter Lustmolch. Jedenfalls hat er Ebenseerinnen als Tanzmädchen engagiert. Er war davon überzeugt, dass sie durch die Drehung beim Rundtanz im Bereich ihrer Sexualorgane Strahlung freisetzen und damit magische Wirkungen erzeugen. Eines von den Mädchen war die Großmutter von der Christine. Leicht bekleidet getanzt hat sie also, und was sonst noch war, weiß niemand so genau. Jedenfalls hat es der Herzmanovsky für klüger gehalten, sie durch Geschenke freundlich zu stimmen. So ist diese Mappe in den Familienbesitz gekommen. Darum hat's ja auch Streitereien mit den Erben gegeben. Und an blöden Gerüchten fehlt es erst recht nicht. Muss ja nicht unbedingt sein, dass noch mehr darüber geredet wird, verdammt noch einmal."

„Nein, muss nicht. Und gibt es etwas Schöneres, als wissend zu schweigen?"

Käfer stellte Sabines Auto in der akkurat freigeschaufelten Parknische beim Stoffen ab und dachte mit einiger Befriedigung daran, dass ihm Puntigams schwarzes Ungetüm diesen Platz wohl nie wieder streitig machen würde. Sabine stand in der offenen Eingangstür. „Daniel, Lieber, ich bin so froh, dich zu sehen! Das war vielleicht ein Tag! Komm ins Haus, es ist eiskalt draußen."

Käfer trat ein und blieb verwirrt stehen. „Es riecht nach Essen, Sabine. Aber die Maria kocht anders."

„Stimmt. Sie ist mit dem Hubert unterwegs – es geschehen Zeichen und Wunder. Was meint deine Nase?"

„Zitrone, Knoblauch, Weißwein …"

„Alle Achtung. Feines Kalbsfricassée – was Leichtes, ich habe an deinen lädierten Magen gedacht."

„Du hast für mich gekocht?"

„Zur Feier des Tages, Daniel."

„Das ist das erste Mal, seit ich dich kenne."

„Siehst du, sogar bei uns gibt's noch Premieren. Und jetzt komm in die Küche."

Sabine servierte. „Wo sind die anderen? Für Mertens hätte es noch gereicht."

„So sehr ich den alten Knaben schätze, heute bin ich lieber allein mit dir. Und die drei Spießgesellen haben ohnehin schon im Auto damit begonnen, die wildesten Projekte zu schmieden. Die hocken bestimmt noch irgendwo zusammen."

„Welche Projekte?"

„Neue Bücher, Sabine. Schiller ist jetzt an Köberls Verlag beteiligt und offensichtlich glücklich darüber. Aber ich erzähle besser von Beginn an …"

„Da ist ja einiges gerade noch gut gegangen, Daniel. Ich gratuliere!

„Ja, ich bin wirklich erleichtert, andererseits aber nur noch leer und müde. Keine Rede von Frohsinn."

„Doch wohl selbstverständlich. Du hast viel aushalten müssen, eigentlich zu viel. Aber wenn du so richtig lange geschlafen hast, wirst kaum noch wissen, wohin mit deiner Tatkraft."

„Ich bin da gar nicht so sicher. Ich freue mich natürlich, dass Sepp Köberls Probleme für's Erste vom Tisch sind.

Aber wer hat da Gutes getan? Schiller und Mertens. Ich bin nur Hirngespinsten nachgelaufen. Und Konrad Klett hat mir meinen Aufgabenbereich weitaus weniger euphorisch beschrieben als Puntigam. Und dessen Agenden muss ich vorerst zusätzlich übernehmen. Wird mich ganz schön fordern, das alles. Ich weiß nicht, ob ich es mir antun soll. Eine Mitarbeit im kleinen Verlag von Schiller und Köberl wär doch eine sympathische Alternative. Und dieses hochnäsige Hamburg reizt mich auch nicht wirklich."

„Was dann, mein lustloser Held?"

„Ein Mauseloch mit einer ganz kleinen Höhle dahinter, für Sabine und mich."

„Ach du mein lieber Mäuserich, das wird sich kaum einrichten lassen."

„Weiß ich. Sag einmal, Sabine, könntest du nicht ein wenig mehr bei mir sein? Komm doch mit nach Graz. Diesen Klett wirst du mögen und beruflich kann er für dich wichtig sein, sogar dann, wenn aus meiner großartigen Karriere nichts werden sollte. Andererseits … mit dir gemeinsam könnte ich mich sogar an Hamburg gewöhnen."

„Oh weh, dann muss es eben heraus, Daniel. Dieses Abendessen war auch ein Abschiedsessen. Ich sollte eigentlich längst unterwegs sein, hab nur gewartet, weil ich dich unbedingt noch sehen wollte. Gleich morgen früh ist die erste Besprechung in München angesetzt. Hochinteressanter Auftrag, aber brandeilig."

„Verdammt. Ich hätte mich nie mit einer Karrierefrau abgeben dürfen. Denk einmal über die vergangenen paar Tage nach, Sabine. Ist dir denn gar nichts an mir aufgefallen?"

„Doch, Daniel, viel. Du hast ganz lieb um mich geworben, warst rücksichtsvoll, hilfsbereit, verlässlich und nicht nur einmal umwerfend. So richtig zum Heiraten."

„Schön, dass du es bemerkt hast."

„War nicht so schwierig. Nur …, es ist irgendwie überraschend gekommen."

„Wie meinst du das?"

„Als ich mich in dich verliebt habe, bin ich sehenden Auges in mein Glück gerannt."

„Unglück meinst du."

„Nein, Glück. Mir war klar, dass du nicht zu fassen bist und schon gar nicht zu halten."

„Nicht domestizierbar?"

„So ungefähr. Du spielst einfach zu gerne, denkst dir selbst was aus, spielst mit, oder lässt dich zu einem Spiel verführen. Und derzeit spielst du eben recht überzeugend die Sehnsucht nach geordneten Verhältnissen und einer überschaubaren Zukunft. Fragt sich nur, wie lange du Spaß daran hast."

„Oh je. Mein Bruder würde sagen: Bei diesem Vorstrafenregister hilft auch die schönste Unschuldsvermutung nichts. Lass mich überlegen …, ich habe dir erzählt, dass Mertens nur einen befristeten Vertrag bekommen hat, zur Probe, sozusagen. Wie wäre es damit? Wir fühlen uns die nächsten sechs Monate so gut wie verheiratet. Und wenn sich dann noch immer nichts geändert hat, schreiten wir tollkühn zur Unterschrift."

„Gut. Darüber lässt sich reden. Nur eins versprich mir."

„Was?"

„Werd nur nicht zu zahm, ja?"

Daniel Käfer spürte Wärme in sich aufsteigen und hielt Sabine fest, bis sie sich vorsichtig von ihm löste. Er ging nach oben, trug ihren Koffer die Treppe hinunter und zum Auto. Dann stand er da, stand da und fror, bis ihn die Kälte verscheuchte. Er trat ins leere Haus und wusste nicht, wie er es füllen sollte.

Alfred Komarek im Haymon Verlag

DIE VILLEN DER FRAU HÜRSCH
Roman
192 Seiten, Hardcover mit Schutzumschlag, ISBN 3-85218-444-4

Der erste Band der Daniel-Käfer-Romane: Der Journalist Käfer begibt sich im Ausseerland auf eine Spurensuche …

„Ein formidabler Roman!" *(NEWS, Renate Kromp)*

„‚Die Villen der Frau Hürsch' ist ein tolles Buch. Und das allein deshalb, weil Komarek ein ungemein geistreicher Plauderer ist." *(Augsburger Allgemeine)*

„Komareks blendendes Gespür für regionale Eigenheiten kommt wieder voll zum Einsatz." *(Brigitte)*

DIE SCHATTENUHR
Roman
208 Seiten, Hardcover mit Schutzumschlag, ISBN 3-85218-483-5

Der zweite Daniel-Käfer-Roman aus dem Salzkammergut: Eine neue Bekanntschaft Daniel Käfers führt zu dramatischen Ereignissen, die ihn immer tiefer in die einzigartige Atmosphäre der engen, dunklen Welt am Hallstätter See hineinziehen.

„Eine spannende Geschichte, ein bißchen geheimnisvoll, viel von dem, was man Lokalkolorit nennt – und gewürzt mit einer ordentlichen Prise Salz – ein echter Komarek." *(ORF Kärnten, Renate Pfeiffer)*

„Was das Weinviertel für Inspektor Polt war, ist das Salzkammergut für den Journalisten Daniel Käfer. Als Helden von Alfred Komareks Romanen sind beide dazu da, den Orten ihre Geschichte zu entlocken. Hinter hübschen Fassaden decken sie Abgründe auf, in denen sie manchmal selbst mit einem Fuß stehen. Zugleich gelingt es ihnen, den Blick von außen zu bewahren …" *(Salzburger Nachrichten, Christina Rademacher)*

www.haymonverlag.at